KB121358

로크미디어가
유혹하는
재미있는 세상

ROK
MEDIA
로크미디어

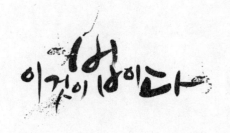

이것이 법이다 153

2023년 2월 3일 초판 1쇄 인쇄
2023년 2월 8일 초판 1쇄 발행

지은이 자카예프
발행인 강준규

기획 이기헌 왕소현 박경무 강민구 조익현
책임편집 최전경
마케팅지원 이원선

발행처 (주)로크미디어
출판등록 2003년 3월 24일
주소 서울시 마포구 마포대로 45 일진빌딩 6층
Tel (02)3273-5135 Fax (02)3273-5134
홈페이지 rokmedia.com E-mail rokmedia@empas.com

이것이 법이다

153

자카예프 장편소설

로크미디어

CONTENTS

거미줄 같은 세상

세상은 발전하고 바뀌었다.

과거에는 한 지역의 패권만 잡으면 먹고사는 데 문제가 없었다. 필요한 건 먹을 것뿐이던 시절도 있었다.

하지만 지금은 다르다.

전 세계가 거미줄처럼 연결되어 있고 서로는 서로를 보완하며 세상을 이끌어 간다.

당장 영국의 브렉시트로 인해 전 세계가 받은 충격만 해도 그렇다.

한 나라가 전쟁에 휩싸인 것도 망한 것도 아니고, 그냥 연합체에서 이탈한 것뿐임에도 불구하고 전 세계의 주가가 출렁거렸다.

영국도 그 정도인데 전 세계의 공장 노릇을 하는 중국의 몰락은 아직은 시기상조였다.

"물론 당장 중국이 몰락하지는 않겠지만."

"아직은 그렇지요. 하지만 곤란한 건 사실입니다."

로버트와 노형진은 계획을 이야기하면서 턱을 만지작거렸다.

"거참, 내가 변호사지, 정치인도 아닌데 이게 뭐 하는 짓인지 모르겠네요."

"하하하, 뭐 이것도 일종의 의뢰라고 생각하시면 됩니다."

"의뢰라……. 틀린 말은 아니네요. 일단 내용을 정리합시다. 지금 미국에서 요구하는 게 몇 가지죠?"

"대략적으로 세 가지라고 할 수 있죠."

첫째, 일단 중국에 너무 적대적인 분위기상 중국에 공장을 돌리는 게 한계가 있으니 그 부분에 대한 해결.

둘째, 전 세계의 공장인 중국의 현 상황 유지.

셋째, 중국 내부의 분열 유도.

"어려운 것만 골라 났네."

"그러니까 미국에서 그 정도의 돈을 내놓고 의뢰하는 것 아니겠습니까?"

노형진은 로버트의 말에 고개를 끄덕거렸다.

"확실히 그렇기는 하죠."

"그런데 노 변호사님, 이게 모두 상하이방을 지원하는 걸로 해결됩니까?"

"될 겁니다. 사실 어떻게 보면 지금이 기회거든요."

"기회요?"

"중국은 극단적인 빈익빈 부익부 국가입니다. 무슨 말인 지 아시죠?"

"알죠. 심지어 자본주의국가보다 훨씬 더 그런 성향이 심 하지 않습니까?"

"그러니까요. 그리고 다른 문제도 있죠."

"다른 문제?"

"지역별 편차가 엄청나게 심합니다."

"지역별 편차가 엄청나게 심하다……. 하긴 틀린 말은 아니네요."

중국은 다른 나라와 다르게 지역별 편차가 극단적이다.

사실 지역별 편차라는 건 있을 수밖에 없다. 아무리 노력 해도 농업 지역은 산업 지역을 이길 수 없으니까.

어느 정도로 차이가 나느냐 하면, 중국은 최저임금이 지역 별로 차이가 나는데 제일 비싼 베이징은 시간당 4,080원이고 가장 낮은 충칭 지역은 2,550원이다.

그러니까 거의 40%나 차이가 나는 거다.

더 큰 문제는 이 최저임금도 지켜지지 않는다는 거다.

베이징 같은 산업 지역은 사실상 한국만큼 임금이 올랐지 만, 시골 지역은 그 절반도 못 받는 곳이 가득하다.

"그러니까 우리는 저 낮은 임금의 지역을 공략하는 겁니다."

"하지만 그게 쉬울까요?"

"일단은 쉬운 거부터 공략을 하죠."

"쉬운 거부터라고 하면?"

"마스크와 소독약 그리고 의약품입니다."

"지금 전 세계가 그게 부족해서 난리 아닌가요? 중국은 아예 장비가 없고요."

로버트는 고개를 갸웃하며 물었다.

중국에서 그걸 빼 온 당사자가 로버트인 만큼 당연히 기억하고 있었다.

그와 노형진은 중국에서 방역용품 공장을 싹 털어 왔고, 그 결과 지금의 중국은 회귀 전보다 훨씬 극단적인 상황에 처해 있다.

'어쩌면 그게 원인일지도 모르지.'

회귀 전보다 훨씬 반미 기치를 높이 들고 더더욱 전쟁 준비에 박차를 가하는 샹량핑.

원래 국내에 불만이 생기면 관심을 외부로 돌리라고 하지 않았던가?

"그러니까 이제 물건을 팔아먹어야지요."

"네?"

"지금 조금씩 전 세계 마스크 공급량이 늘어나고 있습니다. 사실 지금이 가장 힘들 시기죠. 코델09바이러스가 터지고 1년이 지났으니까요. 아마 지금이 마스크와 마스크 제작 장비가 가장 비싼 시점일 겁니다. 그리고 이제 하락이 시작될 테죠."

"하긴, 과잉 부족은 과잉생산을 불러일으키기 마련이죠."

로버트도 고개를 끄덕거렸다. 그도 전문가니까.

실제로 마스크가 부족해서 난리였지만 전 세계적으로 마스크 공장이 엄청난 속도로 늘어났다.

노형진이 미리 많이 준비해 둔 것도 있지만 다급한 각국에서 어마어마한 투자를 했기 때문이다.

'실제로 한국도 얼마 후면 마스크 회사들이 파산하지.'

황당하게도 그 이유는 마스크 과잉생산 때문이었다.

마스크 재고가 안정적으로 쌓이기 시작하자 소비자들이 비싼 값에 마스크를 사지 않으면서 새롭게 마스크에 투자한 사람들이 팔아먹을 타이밍을 놓친 것이다.

그들은 나중에 정부에 가서 배상하라고 시위하기도 했다.

"흠…… 1년이 지났으니 과잉생산이 조만간 촉발된다 이거군요."

"네, 아직은 그런 분위기가 없지만 그건 폭풍 전야의 고요일 뿐입니다."

천천히 완만한 곡선을 그리면서 상승하는 게 아니라 말 그대로 수직 상승했던 마스크를 비롯한 방역용품 수요.

"그러니까 바로 지금이 그 재고 장비를 중국에 팔아먹을 기회라는 거죠."

"아직은 최고가에 조금 남아 있는 것 같습니다."

"이런 말이 있죠, 개뼈다귀에 그나마 살점이라도 있어야 달라붙는다는."

최고가 시점에서 판매하려고 하면 사람들이 잘 사지 않는다. 설사 산다고 해도 가격이 폭락하기 시작하면 계약을 파기할 가능성이 크다.

"마스크 생산 공장과 방역용품 공장을 모두 상하이방과 거래하는 겁니다. 현재 샹량핑과 태자당은 상하이방을 때려죽이기에 혈안이 되어 있습니다. 하지만 그렇게 된다면 상하이방을 때려죽일 수는 없죠."

"이해가 갑니다."

일단 계약의 주체가 상하이방이다, 중국이 아니라.

그리고 그 계약이 상하이방을 지켜 줄 거다.

"그리고 상하이방은 그걸 거부할 이유가 없죠."

노형진은 눈을 반짝거렸다.

상하이방. 중국의 몰락해 가는 세력.

그 세력은 의외로 한국에 많이 와 있다.

정확하게는 다음 세대, 그러니까 상하이방의 자식들이 한국에 와 있는 경우가 많다.

왜냐, 상하이방에 속한 사람들도 자신들이 어떤 상황인지 알기 때문이다.

천천히 몰락해 가고 있고, 그런 자신들을 샹량펑은 살려 둘 생각이 없다.

그리고 중국은 단순히 당사자 한 명만을 처형하는 걸로 만족하지 못한다.

재기와 복수를 막기 위해 온 일가족을 철저하게 몰락시킨다.

그 때문에 상하이방은 자식들만이라도 살리기 위해 대피시켜야 했는데, 그중 가장 가까운 대피처가 바로 한국이었다.

"진아량이라고 합니다. 그런데 저희 아버지에게 연락하고 싶으시다고요?"

진아량은 자신을 부른 노형진을 약간은 의심스러운 눈빛으로 바라보았다.

그도 그럴 게 노형진이 누구인지 진아량은 잘 알고 있기 때문이다.

자세한 정보는 몰라도 미다스와 마이스터의 대리인으로서 전 세계에서 강력한 힘을 가지고 있다는 것쯤은 알고 있었다.

그런 사람이 이제는 몰락을 대비해서 가문이라도 이어 가자고 한국으로 도망친 자신을 부른 게 이해가 가지 않았다.

"아버님이 진원조 씨 맞으시죠?"

"맞습니다만."

진원조. 현재 상하이방의 주요 실세 중 한 명이다.

엄밀하게 말하면 주요 실세는 아니었다.

원래는 상하이방의 중간쯤 되는 사람이었지만 윗선이 샹량핑에게 죽어 나가면서 원치 않게 신분이 올라가 실세가 된 것이다.

'그리고 한창 불안한 시기지.'

그도 그럴 게, 높은 자리에 올라간다는 건 권력이 강해진다는 의미가 아니라 다음번에 죽을 날짜가 가까워진다는 것을 의미하니까.

'지금 상하이방은 그게 문제야.'

상하이방은 의외로 샹량핑에게 충성을 다한다. 정확하게는 그렇게 보이려고 노력 중이다.

그도 그럴 게, 살아남아야 하니까.

하지만 샹량핑은 상하이방을 살려 둘 생각이 없다.

다음 대 황제가 되려고 하는 샹량핑에게 있어서는 다른 파벌이라는 것 자체가 위험하기 때문이다.

더군다나 상하이방의 근원지는 바로 상하이다.

그야말로 어마어마한 돈이 흐르는 땅.

그 땅을 과연 샹량핑이 욕심을 내지 않을까?

당연히 낼 것이다.

이것이 법이다.

샹량핑은 상하이방을 처단하고 그곳을 집어삼킬 생각을 하는 중이니 그들이 살아남을 가능성은 그다지 높지 않았다.

"진원조 씨와는 계속 연락을 주고받고 있습니까?"

"그렇습니다만, 예민한 문제는 전달하기 힘듭니다."

진원조에게는 100% 감시가 붙어 있을 테고 도청 역시 이루어지고 있을 거다. 그러니 심각한 문제를 전달하는 건 불가능.

"예민한 문제를 전달하려는 게 아닙니다. 다만 중국 내부에서 사업하는 것에 대해 이야기를 좀 나눠 볼까 합니다."

"중국 내부에서의 사업요?"

"네. 중국에서 마스크와 위생용품을 비롯한 방역용품을 생산해서 판매하려고 하는데요."

그 말에 진아량의 눈이 커졌다.

몸은 한국에 와 있다고 해도 중국의 사정을 모르는 것은 아니었다.

공식적으로 중국은 코델09바이러스를 이겨 냈다고 홍보하고 있지만 실제로는 그러지 못하고 있다는 걸 그는 누구보다 잘 알고 있었다.

썩어도 준치라고, 아직 상하이방은 중국 권력 핵심에 자리 잡고 있으니까.

더군다나 회귀 전과 다르게 마스크가 부족해진 것도 심각한 원인이었다.

그런데 그 상황에서 방역용품 생산이라니.

"그걸 왜 저희와……."

"그냥 중국에 내미는 화해의 손길이라고 해 두죠."

물론 화해의 손길 같은 게 아니다.

어차피 대폭락할 장비의 가격, 그 전에 후려치려고 하는 거다.

'뭐, 거절은 못 하지.'

노형진의 말에 진아량이 눈을 묘하게 떴다.

하긴, 아직 정치적 경험이 없는 그로서는 노형진의 목적을 정확하게 읽어 내지는 못할 것이다.

"그것 말고 다른 목적도 있죠."

"다른 목적이라고 하시면?"

"상하이방의 생존입니다."

"상하이방의 생존이라고요?"

"네."

"으음……."

진아량은 그 말에 고민했다.

그런 진아량에게 노형진은 슬쩍 떡밥을 던졌다.

"상하이방이 사라지면 진아량 씨도 곤란할 텐데요?"

"곤란할 게 뭐가 있습니까?"

"없을까요? 한국에 중국인이 얼마나 많은지 모르시지는 않을 텐데요?"

이것이 법이다

"그건……."

그 말에 진아량의 눈에 공포가 떠올랐다.

상하이방, 정확하게는 아버지가 권력을 잃어버리면 한국에 있는 그는 안전할까?

그럴 리가 없다. 중국에서 그를 살려 둘 이유가 없으니까.

실제로 중국인들 사이에서 이유 모를 살인이 자주 일어나는 편인데 한국 정부는 그에 대해 그다지 신경 쓰지 않는다.

정치적 망명을 한 사람도 아니고 외국인끼리의 칼부림이니까.

그렇다고 정치적 망명을 하자니, 그랬다가는 아버지뿐만 아니라 일가까지 씨가 말라 버릴 것이다.

전에도 노형진의 함정에 빠진 놈이 한국에 정치적 망명을 시도했다가 일가가 씨가 말라 버린 적이 있었다.

가족과 친가, 심지어 외가까지 말이다.

그러니 여기에 대피해 있긴 해도 망명을 할 수는 없다.

"저는 당신들이 스스로를 지킬 수 있는 힘을 가지기를 바랍니다."

그 말에 진아량은 고민하는 듯했다.

하지만 고민은 짧았다. 어차피 자신의 선에서 결정할 수 있는 문제도 아니었고 말이다.

"아버지에게 여쭤보겠습니다."

"네. 좋은 답변을 기대하지요."

노형진은 미소로 답했다.

"어떻게 생각하나?"

"물량이 어마어마하군요."

진원조는 계약하기 위해 건네진 어마어마한 양의 물량을 보고 기가 질려 버렸다.

그렇잖아도 부족한 중국의 물품들.

이게 들어온다면 최소한 절반은 커버할 수 있을 정도의 어마어마한 양이었다.

"마이스터는 왜 이걸 우리에게 넘기려고 하는 걸까요?"

"글쎄…… 모르지."

이들은 외부의 자세한 상황을 잘 모른다.

철저하게 중국 내에서 고립된 상황이고, 외부의 정보에는 접근도 불가능했기 때문이다.

"하지만 이 정도 양이라면 중국에 엄청난 도움이 될 거야."

현재 중국은 공식적으로 코넬09바이러스가 없다.

하지만 그건 어디까지나 공식적인 이야기다.

전국에서는 어마어마한 수의 '단순 폐렴' 환자가 발생하고 있고, 그중 상당수가 사망했다.

'이게 심각한 문제가 아니지.'

물론 죽는 거야 그다지 신경 쓰지 않는다.

상하이방이라고 해서 중국의 권력자가 아닌 것은 아니며, 그들의 생명 경시 사상이 사라진 것도 아니다.

하지만 드러나지 않는 다른 문제는 다름 아닌 부작용으로, 코델09바이러스에 감염되어 심각한 부작용을 겪게 된 사람들은 살아 있는 것 자체가 정부에 심각한 부담을 준다는 것이다.

전쟁에서도 병사를 죽이는 것보다는 장애인으로 만드는 게 더욱 상대방에게 부담을 준다고 하지 않던가?

죽으면 끝이지만, 장애를 가지게 되면 그 병사를 먹여 살려야 하고 가족이 케어해 줘야 하니까 부담이 세 배가 되기 때문이다.

"그런데 이 조건이 특이하군요. 왜 이런 조건을 달았는지 모르겠습니다."

장비 매각에는 조건이 있었다.

계약 당사자가 사망하거나 기타 다른 이유로 운영하지 못하게 되는 경우, 마이스터에서 해당 물품을 판매가의 10%의 가격으로 다시 사 간다는 조건이었다.

또한 경영권의 양도 및 소유권의 양도는 앞으로 50년간 마이스터의 허락을 받아야 한다는 조건도 있었다.

"아마도…… 지난번 그 사건 때문이겠지."

"지난번 그 사건이라고 하면?"

"중국 정부에서 압류해서 운영하지 않았나?"

"아, 그랬죠."

중국 정부에서 마이스터에서 반출하려고 하던 마스크 제작용 기계들을 압류해서 운영하다가 화재로 인해 모조리 불타 버린 적이 있었다.

그리고 그 사건은 생각보다 큰 문제를 일으켰는데, 중국이 힘으로 국유화해 버리는 바람에 중국에 대한 믿음이 심각하게 줄어들면서 결과적으로 중국에 대한 투자 감소와 해외 기업의 이탈이 빠르게 진행되었다는 거다.

자본주의를 무시하고 무단으로 국유화하는 국가에 투자하고 싶어 하는 나라는 없으니까.

"그런데 왜 이런 조건을 우리한테 제시하는 걸까요?"

누군가 고개를 갸웃하며 물었다.

노형진은 중국에 화해의 손길을 내미는 거라고 말했지만, 그러자면 자신들이 아니라 다른 권력자들에게 내미는 게 더 좋았을 거다.

"그거야……."

진원조는 잠깐 고민하다 입을 열었다.

정치라는 전쟁터에서 살아온 그는 노형진의 생각을 어느 정도 알 수 있었다.

"중국에 혼란이 오기를 원하는 거겠지."

"혼란요?"

"그래. 지금 권력은 태자당이 잡고 있으니까."

하지만 상하이방이 다시 치고 올라온다면? 태자당은 곤혹스러울 거다.

"문제는 중국도 우리도, 이걸 거절하지는 못한다는 거야."

공식적으로 코로나가 없다고 주장하는 중국이지만 그건 어디까지나 자기들의 주장일 뿐이다.

"당은 그렇다고 치고 우리는?"

"우리는……."

"내 선배들이 그랬듯이 내가 죽으면 당신들 차례겠지."

진원조는 안쓰러운 눈빛으로 상하이방 소속의 사람들을 바라보았다.

그 시선에 모두들 겁먹고 눈을 내리깔았다.

"이 안에서 살아남을 수 있는 사람이 있을까?"

원래 역사에서는 다른 나라에서 중국을 정치적인 문제로 공격할 때 상하이방이니 뭐니 구분 같은 건 하지 않았다. 그래서 이들은 살아남기 위해 샹량핑에게 고개를 숙이고 살려 달라고 빌어야 했다.

물론 그런다고 해서 살아남을 수는 없었지만.

"하지만 이제 외부에서 손을 내밀었지."

상하이방을 살려 주겠다. 너희를 살려 주겠다.

그 대신에 권력을 쟁취해라.

"권력을 쟁취하지 못하면 죽는 게 현실이지."

중국은 원래 그랬다.

권력자가 되면 가장 먼저 하는 일은 상대방 파벌에 대한 처단.

"우리에게는 선택지가 없다 이건가요?"

"없지. 공산당에 대한 충성? 그래, 좋지. 하지만 우리도 공산당원이야. 그런데 공산당원으로 취급받나?"

아니다. 언제 죽을지 모르는, 이제는 힘을 잃어버린 패배자로 취급할 뿐이다.

"하지만 이 계획대로라면 우리를 못 건드려."

건드리는 순간 모든 방역용품은 다시 마이스터로 넘어가고 다시 한번 중국에 어마어마한 피바람이 불게 될 거다.

"다들 알겠지만 지난 마스크 사건으로 인해 공산당에 대한 불만이 하늘을 찌르고 있어."

어마어마한 양의 마스크를 중국 공산당원들이 쌓아 두고 비싸게 팔아먹으려고 했던 사건.

그 사건으로 국민들은 공산당을 아주 안 좋게 보게 되었다.

"그런 상황에서 우리가 마스크를 공급한다면 지지는 우리에게 쏠리겠지."

물론 중국의 국민들은 상하이방이니 태자당이니 하는 그런 건 잘 모른다.

하지만 최소한 자신들을 위해 물건을 공급하는 사람들이 누군지는 안다.

"이대로 죽느냐, 아니면 꿈틀이라도 해 보느냐의 차이야."

진원조의 말에 다들 아무런 말도 못 했다. 틀린 말은 아니니까.

"선택지는 없는 것 같군."

진원조는 쓰게 웃었다.

⚖️

노형진의 계획하에 계약 자체는 빠르게 이루어졌다.

마스크가 충분한 한국에서 1차분의 장비가 공급되었다.

하지만 노형진의 계획을 중국 정부가 모를 리가 없다.

"당연한 거지요."

노형진은 고개를 끄덕거렸다.

"아무리 중국 정부가 무능해도 그 정도 정치적 감각은 있을 테니까."

중국 공산당 입장에서는, 정확하게는 태자당 입장에서는 상하이방의 약진이 불편할 수밖에 없다.

사람들은 체감적으로 마스크의 생산량이 늘어나는 것을 알 수 있을 텐데, 그러면 자연스럽게 그 충성심은 공산당과 태자당으로 향할 테니까.

그래서 언론을 통해 해당 사실을 보도하기보다는, 상하이 당에서 생산한 마스크를 조용히 구입해서 국민들에게 공급했다.

"남의 실적을 빼돌리기 위해 조용히 있는 거야 어려운 일이 아니니까."

애초에 중국의 언론은 철저하게 권력자를 위해 움직이는 집단이니 말이다.

"일단 저희가 목숨을 건진 거니 다행이기는 한데……."

진아량은 쓰게 웃었다.

마스크와 방역용품 생산에 필요한 장비가 들어온다는 사실을 알고 있음에도 불구하고 중국 정부는 별말을 하지 않았다.

하지만 확실히 상하이방을 공격하는 시도는 확 줄었다.

그럴 만하다. 이미 중국 정부도 계약 내용에 대해서는 알고 있을 테니까.

"물론 그렇지요. 그러니까 이제 상하이방의 권력을 늘려 볼 시간입니다."

"상하이방의 권력을 늘려요? 이 상황에서 말입니까?"

진아량은 소름이 돋는다는 듯 말했다.

그도 그럴 게, 그랬다가는 진짜 화난 태자당에서 상하이방 인사들의 목을 따서 길거리에 내걸지도 몰랐기 때문이다.

"하하하, 물론 진짜로 권력투쟁을 하라는 게 아닙니다. 스스로를 지키라는 뜻입니다."

"어떻게요?"

"중국은 자본주의 시장입니다. 당연히 마스크를 어디다 팔든 그건 당신들이 결정할 문제죠."

"그건 그런데……."

공산주의 국가이지만 아이러니하게도 중국은 자본주의로 굴러간다.

당연히 국가에서 마음대로 물건을 빼앗아 가거나 할 수는 없다.

이미 한번 그런 짓을 했다가 중국 전체에 치명적인 신뢰도 하락 사건이 터진 이상 다시 그런 짓을 할 수는 없다.

"그러니까 그 생산된 마스크와 방역용품을 필요한 곳에 공급하는 겁니다. 그걸 중국의 태자당은 막을 수가 없죠."

"그거야 당연한 겁니다만, 그런다고 해서 우리의-권력이 강해질까요?"

"강해질 겁니다, 그걸 받는 곳은 군대, 아니 인민해방군이 될 테니까요."

"인민해방군?"

"중국에는 국가를 수호하는 군대가 없지 않습니까?"

중국의 군대인 인민해방군은 중국이라는 나라가 아닌 당을 수호하는 군대다. 그래서 인민해방군에 들어가기 위해서는 필수적으로 당원이어야 한다.

"그리고 인민해방군은 필연적으로 감염에 취약합니다."

집단적인 생활환경, 중국의 낮은 위생 의식, 그리고 제대로 공급되지 않는 의약품 등등.

'중국 인민해방군이 과연 얼마나 개판인지는 아무도 모르지.'

중국 내부에서 인민해방군이 가지는 힘은 절대로 약하지 않다.

중국 공산당과 더불어 가장 강력한 권력을 가진 집단이 바로 인민해방군이다.

그리고 현재 도시의 방역에 가장 많이 동원되고 있는 것도 바로 인민해방군이다.

그런 인민해방군에 과연 코델09바이러스 환자가 없을까?

'그럴 리가 없지.'

한국의 군대조차도 계속 확진자가 나오는 판국에, 직접 방역하러 들어가는 인민해방군에 환자가 없을 리가 없다.

더군다나 집단생활을 하는 그들의 특성상 아마 감염자의 숫자는 적지 않을 테고, 당연히 은폐되고 있을 거다.

"다른 곳은 봉쇄라도 하지만 인민해방군은 그럴 수도 없지요."

즉, 지금 상황에서 가장 마스크와 방역용품이 필요한 곳은 인민해방군이라는 뜻이다.

"마스크를 인민해방군 위주로 우선 공급하세요. 그러면 인민해방군은 상하이방과 아주 밀접한 관계를 가지게 될 겁니다."

"아!"

인민해방군 입장에서는 병을 막기 위해 필요한 걸 공급해주는 상대와 거리를 둘 수가 없다.

인민해방군이 동원되는 양을 생각하면 이제 들어간 마스크의 초기 생산분 대부분은 인민해방군에만 들어가도 부족하다.

"이게 참 아이러니한 거죠."

방역에 실패해서 인민해방군 내부에 코델09바이러스 환자가 생기면 그에 대한 책임은 장성이 져야 한다.

그런데 당에서 인민해방군을 동원하고 있으니 그것도 거부할 수는 없다.

그래서 감염 가능성이 아주 높을 수밖에 없다.

결국 그걸 막기 위해서는 마스크를 비롯한 방역용품이 필수다.

그리고 현재 중국에서 방역용품을 쥐고 있는 건 상하이방뿐이다.

"만일 상하이방에서 인민해방군에 방역용품을 공급한다면 과연 그걸 태자당이 막을 수 있을까요?"

"그건 불가능하겠네요."

진아량은 노형진의 계획을 듣고 얼굴이 환해졌다.

그도 그럴 게 그동안 알게 모르게 쌓여 있던 분노를 풀어낼 수 있는 기회라고 느꼈기 때문이다.

'권력은 무력에서 나오는 법이지.'

공산당이 별의별 짓거리를 다 해도, 온갖 삽질을 해도 중국의 인민들이 저항하지 못하는 건 공산당을 지키기 위해 인민해방군이라는 강력한 무력이 버티고 있기 때문이다.

실제로 인민해방군은 공산당을 지키기 위해 중국 국민들을 탱크로 깔아 뭉갠 적이 있는 집단이다.

그러니 저항은 꿈도 꾸지 못하는 거다.

하지만 중국의 인민해방군은 완벽하게 공산당의 지시를 받아들이지는 않는다.

정확하게 말하면, 인민해방군은 다른 형태의 정치 집단이라고 봐도 무방하다.

"그들에게 마스크를 공급하면서 그들과 손잡으세요."

인민해방군의 장군 입장에서는 자신들의 권력의 핵심이 병사이니 그들을 보호하기 위해서 당연히 이들과 손잡을 거다.

그리고 여기서 문제가 발생한다.

인민해방군은 공산당을 지키는 세력으로, 이들 또한 공산당에 속한다. 그런데 만일 태자당과 상하이방의 알력 싸움이 벌어진다면?

"아무래도 그들은 중간에서 눈치를 보겠지요."

상하이방이 저항하지 못한 이유는 태자당이 군권을 꽉 잡고 있기 때문이다.

"그리고 그에 관해 새로운 계약 사항이 있습니다."

"새로운 계약 사항?"

노형진의 말에 진아량의 눈에 호기심이 들어찼다. 노형진은 그런 그에게 뭔가를 건넸다.

"이게 뭡니까?"

"대단위 농장 설치에 필요한 장비입니다."

"대단위 농장 운영 장비요?"

"네."

"이걸 왜……?"

"중국에서 인민해방군을 먹이는 데에는 어마어마한 양의 식량이 필요하지요."

그 말에 진아량은 고개를 끄덕거렸다.

"그리고 그걸 인민해방군은 자기들이 알아서 사야 하고요."

공산당에서 결정해서 내려오는 게 아니라 납품 업자를 인민해방군에서 선택한다. 그리고 인민해방군은 그걸 이용해서 막대한 수익을 내고 있다.

한국도 소위 말하는 통행세가 있는데 과연 인민해방군에 그런 게 없을까?

"그러니까 대단위로 농사지어서 식량을 생산하면 더 싼 가격에 더 많이 팔 수 있지요."

"설마?"

"그 정도면 인민해방군과 아주 밀접한 관계를 가질 수 있지 않겠습니까?"

그 말에 진아량은 눈을 반짝였다.

사실 중국은 미국과 대립하면서도 반대로 미국에 기대는 부분이 엄청나게 많다.

중국은 땅은 넓지만 의외로 농사지을 수 있는 땅은 그다지 많지 않다. 그래서 현재로서는 식량의 자급자족이 불가능하다.

실제로 과거에 중국은 미국을 혼내 준다면서 미국산 대두의 수입을 금지한 적이 있었다.

자신들이 미국산 대두, 그러니까 콩을 많이 수입하는데 자기들이 수입하지 않으면 미국이 돈을 못 버니까 바닥에 설설길 거라고 생각했던 것이다.

그런데 그들이 생각하지 못한 게 뭐냐면, 중국인들의 콩소비량이 엄청나다는 것이다.

단순히 콩뿐만 아니라 옥수수 등의 소비도 엄청난데, 그걸 모두 수입해서 동물을 먹이기 때문이다.

'당연히 그 당시에 난리가 났었지.'

미국산 콩과 옥수수 수입을 차단하자 당장 먹을 게 없어졌고, 중국 공산당 산하의 기업들은 다급하게 다른 곳에서 콩과 옥수수를 수입했다.

하지만 갑자기 콩과 옥수수가 자라날 리도 없거니와 누군가가 미래를 위해 새로 경작지를 개발할 리도 없다.

결과적으로 해외에서 새로 뚫은 수입 업자들은 미국산 콩과 옥수수를 수입해서 다시 중국으로 수출하면서 마진을 붙여서 수익을 냈고, 결과적으로 중국은 똑같은 물건을 더 비싼 가격에 수입하는 꼴이 되고 말았다.

'그건 중국에서 매번 하는 실수야. 배움이라는 게 없다니까.'

노형진은 계약서를 꺼내면서 실실 웃었다.

실제로 중국은 매번 자기 발등을 찧는 형태로 상대방을 공격한다.

호주를 공격할 때도 석탄 수입을 하지 않는 방식을 사용했지만 결국 자국의 대대적인 전력 부족 현상만 불러일으켰다.

"그러니까 이걸 이용해서 지방의 땅을 사서 대대적으로 농사를 지어라 이거군요."

"맞습니다."

노형진은 고개를 끄덕거렸다.

"그러면 수익이 엄청나게 날 겁니다. 아시겠지만 미국의 시스템은 대단위 농사에 엄청나게 특화되어 있지요."

미국의 땅은 진짜 어마어마하다. 한 지역의 농장 규모가 대한민국 땅만큼 클 정도로 말이다.

그러다 보니 인간이 아니라 기계로 지어야 하는 현상이 벌어진다.

그리고 그렇게 기계로 지어야만 농사의 규모가 터무니없이 커진다.

미국산 농산물이 비싼 인건비에도 불구하고 가격이 그렇게 싼 이유가 바로 그거다.

한국이나 중국에서 1천 명이 할 걸 미국은 한 명이 해도 충분하니까.

"그러니까 이런 대단위 농사 장비를 판매하고 싶으시다는 거네요."

"네."

"바로 아버지에게 알려 드리겠습니다."

진아량은 반가운 얼굴로 그곳을 떠났다.

그러나 그가 떠난 후에, 뒤에 있던 로버트가 쓰게 웃었다.

"멍청하군요. 폭탄이라는 것도 모르고 받아 가다니."

"뭐, 중국의 정치인들이 똑똑한 편은 못 되니까요. 스스로 귀족화해서."

"이건 오래 걸리겠지만 그래도 중국의 몰락이 심각해질 상황을 초래하겠네요."

"맞습니다. 아마 이번 일로 인해 중국의 몰락은 가속화될 겁니다. 동시에 미국에 더더욱 기대게 될 테고요."

노형진이 대단위 농사를 지을 수 있는 장비와 기술을 중국에 판매하려고 한 이유는 간단하다.

중국의 지방을 몰락시키기 위해서다.

"애초에 그럴 수 있는 지방이 많지 않지만, 이런 장비가 들어가면 일단 지방 농사는 망했다고 봐야지요."

"그러니까요. 그리고 그렇게 되면 어마어마한 숫자의 실직자가 발생할 테고요."

"하지만 중국은 그런 것에 대한 개념 자체가 약한 편이니까요."

중국과 한국은 대단위 농사 시스템이 아니다. 당연하게도 그런 대단위 농사를 하기 위해서는 땅을 빼앗고 밭을 정리하느라 오랜 시간이 걸린다.

한국에서는 그게 쉽지 않다.

다 소유권이 있는 땅이다 보니까 그걸 다 사려고 하면 배보다 배꼽이 더 크기 때문이다.

"하지만 중국은 다르죠."

공식적으로 중국의 모든 땅은 공산당의 소유다.

물론 중국에서도 땅도, 건물도 거래한다.

하지만 그 거래는 그 땅의 소유권이 아니라 그걸 사용할 권리를 거래하는 거다.

실제로 그러한 방식 때문에 공산당이 누군가의 땅을 빼앗는 건 어려운 일이 아니다. 그냥 계약 종료라고 못 박고 빼앗으면 그만이다.

물론 중국에도 종종 알박기를 하는 사람들이 있지만 애초에 그들은 일반인이 아니다.

그 땅을 지킬 만한 힘, 즉 공산당원이나 그에 준하는 힘을 가진 사람이 뒤에 있는 거다.

"하지만 시골에 그런 힘을 가진 농민이 많다고 보기는 힘들 겁니다."

당연히 평야라고 할 수 있는 곳에서 농사짓던 수많은 농민들이 땅을 빼앗길 테고, 거기서 농사짓기 시작한 상하이방은 어마어마한 수익을 낼 거다.

"그리고 그 농민들은 그대로 폭탄이 되어서 도심으로 갈 테고요."

"맞습니다. 장기적으로는 그게 계획이니까요."

어마어마한 숫자의 농민들이 땅을 잃어버리고 도시로 몰려들 거다.

그렇잖아도 중국의 실업률은 상당히 높다.

최근에는 세계 각국의 기업들이 중국을 탈출하면서 실업률이 더더욱 높아졌다.

도시는 이미 그렇게 몰려든 농민공의 숫자로 인해 포화 상태.

당연히 그런 상황에서 법에서 정한 최저임금이 적용될 리가 없다.

도심의 일반적인 최저임금을 3천 원이라고 하면, 하루 여덟 시간 근무하면 하루 2만 4천 원이고, 25일을 근무한다고 치면 한 달 임금은 60만 원이 되어야 한다.

하지만 중국은 인구의 40% 이상이 월 15만 원으로 살아간다는 통계가 있다.

이유는 간단하다. 최저임금이 있지만 그걸 지키지 않으니까.

"인구가 늘어나면 인건비는 떨어지기 마련이지요."

지금 다른 기업들이 중국을 떠나는 이유는 간단하다. 바로 인건비의 상승 때문이다.

하지만 이렇게 함으로써 인건비 상승은 막힐 테고, 결과적으로 기업들이 당분간은 중국에 남아 있게 될 것이다.

"그리고 중국에서는 폭탄이 조금씩 자라날 거고요."

그렇다면 중국에 좋은 거냐?

그렇지도 않다. 이는 극단적 빈익빈 부익부를 불러일으키게 될 거다.

몰려든 농민공은 불만 세력이 될 거고 말이다.

그렇다고 해서 중국에서 대단위 농사를 지어서 미국처럼 대단위 농작물 수출을 할 수 있는 것도 아니다.

의외로 중국은 사람이 살지 못하는 그런 땅이 많다.

기본적으로 중국은 물이 부족한 땅이기 때문이다.

중국 공산당이 왜 샨샤댐을 만들었을까? 그것도 국제적으로 욕먹어 가면서 말이다.

그리고 왜 티베트를 강제로 합병했을까?

그건 다름 아닌 물 때문이다.

중국은 대단위 농사를 짓기 위한 물을 공급하는 데 한계가 있을 정도로 물이 부족하다.

티베트는 중국의 주요 강의 수원지가 그쪽에 있어서, 그쪽에서 물의 흐름을 차단하면 고사할 걸 알기에 무리해서라도 강제 합병한 거다.

결국 이런 대단위 농사에는 한계가 있을 거다.

"그리고 그걸 상하이방뿐만 아니라 태자당도 알 테고요."

당연히 태자당도 돈을 노리고 대단위 농사로 돌아설 거다. 그리고 그에 필요한 장비는 미국에서 사야 할 테고 말이다.

"단기적으로는 중국에 이득이겠지만 장기적으로는 아주 큰 문제가 될 겁니다."

그들이 시선을 돌리고자 했던 내부의 문제가 점점 커질 테니까.

"그리고 이제 슬슬 공산당에 슬쩍 압박을 가해서 그들이 정신 못 차리게 하면 됩니다. 그사이에 상하이방이 성장하도록요."

"그게 쉬울까요? 공산당, 아니 태자당이 정신을 못 차릴 정도의 일이 없을 텐데?"

노형진은 그 말에 씩 웃으며 뭔가를 꺼냈다.

"아무리 제가 변호사라지만 미국이 일만 맡겨 두고 놀고 있으면 안 되죠."

"뭡니까, 그게?"

"읽어 보시겠습니까?"

노형진은 로버트에게 손에 쥔 것을 건넸다.

로버트는 그걸 읽기 시작했다. 그의 표정은 금세 굳었다.

"이게 사실입니까?"

"이 전략에 대해 중국만큼 잘 알고 잘 쓰는 나라가 있을까요?"

"끄응…… 그건 그런데……."

"중국은 이미 호되게 당했습니다. 그러니까 그걸 써먹을 생각인 거죠. 실제로 3차대전은 세계적으로 가능하면 피하고 싶어 하는 일입니다. 그런 만큼 중국에서는 국제사회에서 타국을 공격하길 어려워한다는 걸 알고 있습니다."

그러니까 중국은 이런 황당한 전략을 쓸 수 있는 거다.

"하지만 공격법에 전쟁만 있는 건 아니죠, 후후후."

"노 변호사님은 뭐 하나 대충 하는 법이 없군요."

로버트가 쓰게 웃으며 말하자 노형진은 고개를 끄덕거리며 답했다.

"칼을 뽑았으면 무라도 썰어야지요. 무치고는 좀 크지만 말입니다, 후후후."

차이나 화이트

미국의 백악관에서는 어느 때보다 심각한 분위기 속에서 회의가 진행되고 있었다.

"그러니까 우리 미국의 10~20대 사망 원인 1위가 마약이다?"

대통령인 도널드 올드먼은 어이가 없다는 듯 손가락을 세우고 테이블을 톡톡 두들겼다. 고민이 많을 때마다 나오는 특유의 버릇이었다.

그런데 요즘 그런 버릇 때문에 손가락을 다친다고 의사가 경고할 정도로 그에게는 고민이 많았다. 그리고 그중 하나가 바로 이 문제였고 말이다.

"정확하게는 펜타닐입니다."

"어이가 없군. 도대체 뭘 어떻게 했기에 마약이 10~20대 사망 원인 1위가 된단 말이야!"

도널드 올드먼은 상당히 국수주의적인 인물이다.

그가 미국 대통령이 된 이유만 해도 미국이 우선이라는 정책 때문이다.

그런데 그런 그에게 있어서 10~20대가 마약에 찌들어 죽는다는 건 상당히 신경 쓰이는 일이었다.

더군다나 그 마약이 펜타닐이라고 하니까 더더욱 신경 쓰이는 거다.

"너무 광범위하게 퍼져서 어떻게 막을 수조차 없는 수준입니다, 각하. 펜타닐을 어떻게 해서든 컨트롤해야 합니다."

"그러니까 도대체가 그 많은 펜타닐이 어디서 튀어나온단 말이냐고! 하늘에서 뚝 떨어질 리는 없잖아!"

펜타닐은 원래 군대에서 사용하는 진통제인 모르핀의 대용으로 개발된 물건이다.

전쟁터에서는 아무리 모르핀을 맞아도 총에 맞은 고통을 잊는 게 쉽지 않으니까.

당연히 아주 강력한 물질이라, 미국에서도 철저하게 의약품 안에서도 관리해야 하는 물건으로 분류해서 병원에서도 쉽게 처방하지 않는다.

어쩔 수 없는 게, 강력한 만큼 위험하기 때문이다.

사람을 죽이는 가장 대표적인 독극물 중에는 청산가리가

있는데, 이 펜타닐은 청산가리보다 훨씬 더 독해서 청산가리의 30분의 1이 치사량이다.

당연히 병원에서도 진짜 죽음을 앞두고 있는 암 환자같이 미래가 없는 경우가 아니고서야 절대로 처방하지 않는다.

애초에 펜타닐은 치료제가 아니라 마약이고, 상대방이 고통 없는 죽음을 맞이하도록 해 주는 물건이니까.

그러니 펜타닐이 미국의 10~20대 사망 원인 1위라는 건 심각한 문제일 수밖에 없었다.

"그게, 조사 결과가 나왔는데 아무래도 중국이 원인 같습니다."

"중국?"

"그간의 조사를 종합해 본 결과, 현재 미국에서 유통되고 있는 대부분의 펜타닐이 중국을 통해 유통되고 있습니다."

"중국이라고?"

중국이라는 말에 질색하는 도널드 올드먼.

"네, 조사 결과는 그렇습니다. 일단 펜타닐은 화학약품입니다."

인공적으로 만들어 낸 화학약품인 펜타닐은 아무나 만들 수 있는 게 아니다.

전통적인 마약, 필로폰이나 대마초 같은 경우는 가난한 나라의 범죄 조직이 만들어서 파는 게 일반적이지만, 이런 화학약품은 재료도 재료지만 공장을 구하는 게 쉽지 않다.

"그리고 대부분의 구입처를 조사해 보면 중국입니다. 중국에서 국제우편을 통해 들어오는 마약이 엄청나게 많습니다."

"세관에서는?"

"대마초나 필로폰과 다르게 이 펜타닐은 추적하기가 쉽지 않습니다."

펜타닐 자체가 대마와 다르게 워낙 소량으로도 극단적인 독성을 뿜어내다 보니 그걸 이용해서 개를 훈련시키는 것도 쉽지 않다.

"허, 어이가 없군. 중국이라……. 중국이란 말이지. 중국에서는 뭐라고 하나?"

"중국에 항의해 봤습니다만, 최선을 다하고 있다는 답변뿐입니다."

"최선을 다한다? 그게 말이나 된다고 생각해? 중국은 마약이라고 하면 극도로 혐오하지 않나? 그런데 고작 한다는 말이 최선을 다한다?"

"그렇습니다."

중국은 한번 마약 때문에 나라가 망했다.

그래서 지금도 마약이라면 아주 치를 떨고 마약 사범에게 강력한 처벌을 하고 있다.

그런 나라에서 최선을 다하는데 마약이 근절되지 않는다?

말도 안 되는 소리다.

"그리고…… 이걸 보셔야 할 것 같습니다."

"뭔데?"

"마이스터에서 이번에 우리에게 보내온 물건입니다. 중국의 극비 정책 연구 자료입니다."

"극비 정책 연구 자료?"

한자로 가득한 종이와 그 옆에 있던 번역본을 번갈아 보던 도널드 올드먼.

그는 이내 얼굴이 시뻘게졌다.

극단적으로 욱하는 성향이 있는 도널드 올드먼이지만 지금처럼 화내는 경우는 아주 드물었다.

"이건 뭔 개소리야? 마약을 통한 적성국의 국력 약화 전략?"

"말 그대로입니다. 해당 연구 자료에 따르면 중국 정부에서는 적성국으로 분류할 수 있는 나라인 미국과 유럽 등지에 고의적으로 엄청난 양의 마약을 무차별적으로 공급해서 젊은 세대를 몰락시켜 장기적으로 나라의 국력을 약화하는 전략을 선택해야 한다고 되어 있습니다."

그걸 보며 도널드 올드먼은 기가 막혔다.

아무리 만만하게 보여도 그렇지, 설마 이런 미친 짓을 할 줄은 생각도 못 했기 때문이다.

문제는 이 내부 연구 자료에서 제시한 일이 지금 미국에서 실제로 벌어지고 있다는 것이다.

"중국에 있는 우리 쪽 정보 라인에 따르면 마약 사범들에 대해 처벌이 이루어지지 않고 있다고 합니다."

"마약 사범에 대해 처벌이 이루어지지 않고 있다?"

"정확하게는 우리에게 펜타닐을 수출하는 마약 사범들만 그렇습니다."

중국은 마약이라면 치를 떤다.

그래서 마약 사범, 특히 마약을 제조 판매한 경우에는 더 볼 것도 없이 사형을 내린다.

그런데 그간의 기록에 따르면 중국 내부에서 마약을 유통한 업자들은 대부분 사형을 받았음에도 불구하고, 미국으로 마약을 유통하는 업자들은 아예 조사도 받지 않는 상황이 연출되고 있다고 한다.

"이쪽에서 마약 관련 사범에 대한 자료를 넘겼는데도 처벌을 안 하고 있다 그건가?"

"네, 그렇습니다. 그리고 가장 큰 문제는 바로 가격입니다."

"가격?"

"상식적으로 마약은 엄청나게 비싼 물건입니다."

마약같이 중독성이 강한 물건을 마약 업자가 싸게 공급할 리가 없다. 비싸게 팔아먹어야 돈이 되기 때문이다.

실제로 마약에 중독된 인간들은 그걸 얻기 위해 전 재산을 팔고 강도질도 불사한다.

"그런데 중국에서 오는 펜타닐의 경우는 너무 쌉니다."

아주 싼 가격에 공급하는 마약 업자? 세상에 그런 놈은 없다.

물론 아주 초기에 상대방이 마약에 중독되기를 원할 때는

싼 가격에 공급한다. 그래야 손님이 늘어나니까.

하지만 중독되었다고 생각하면 점점 가격을 올리는 게 마약 업자들이다.

"그런데 정보에 따르면 기본적으로 펜타닐을 파는 놈들은 가격 자체를 너무 낮게 책정합니다."

하긴, 펜타닐의 가격이 높다면 10~20대가 무슨 돈이 있어서 그걸 하겠는가?

"더군다나 더 이상한 건, 일부 마약 업자들이 적극적으로 펜타닐 제조법을 공개하고 있다는 겁니다."

"제조법을 공개해? 진짜로?"

일부 중국의 마약 업자들이 펜타닐 대신 펜타닐을 제작할 수 있는 화학약품을 판매하면서 펜타닐을 제조할 수 있는 자세한 설명서를 동봉해서 보내 주고 있다는 거다.

"그게 말이 된다고 생각해? 세상에 어떤 제조 업자가 자기 손님들한테 마약 제조법을 공개하느냐고!"

"당연히 안 됩니다."

세상에 어떤 미친놈이 자기 장사 밑천을 통째로 얼굴도 모르는 놈에게 넘겨준단 말인가?

"그런 여러 가지 상황을 봤을 때, 마이스터에서 말한 대로 중국이 전 세계를 대상으로 대마약 공급전을 시작한 게 확실합니다."

"이런 개…… 같은 새끼들이."

도널드 올드먼은 이를 뿌드득 갈았다.

코델09바이러스도 중국에서 만들었다는 의심이 점점 심해지고 있는 상황이다.

그런데 이 상황에서 마약을 통한 전 세계 전복 행위까지 하고 있다니.

"마이스터에서는 그러더군요. '중국은 이미 아편 때문에 한번 망한 적이 있는 나라다. 그들만큼 이 전략에 대해 잘 아는 사람이 어디 있겠는가?'라고."

"그렇다 이거군. 이놈들을 당장……."

"진정하십시오, 각하. 그렇다고 해서 중국과 전쟁을 할 수는 없습니다. 중국은 우리가 상대하기에 너무 까다로운 나라입니다."

"맞습니다. 더군다나 중국은 러시아와 가까운 나라입니다. 만일 우리가 중국과 싸운다고 하면 당장 러시아와 손잡고 대항할 겁니다."

그리고 그런 경우는 빼도 박도 못하고 3차대전이 벌어질 거다.

더군다나 중국과 러시아는 핵을 보유한 핵보유국이다.

핵보유국 사이에서 3차대전이 터졌을 때 과연 핵이 사용되지 않을 거라는 보장이 있을까?

당연히 없다.

오히려 중국이라면 승리하기 위해 전 세계에 수백 발의 핵을 투하하고도 남을 나라다.

"그러면 이대로 당해야 한단 말인가? 망할 기업 놈들의 말을 들어주는 게 아니었어."

도널드 올드먼도 기업인이다. 그렇다 보니 최근 중국에 투자한 기업인들이 하도 징징거리는 통에 어쩔 수 없이 그들을 위해 중국에 손을 내민 적이 있었다.

사실 그들이 좋아서라기보다는, 얼마 후면 있을 재선에서 어떻게 해서든 그들의 지지를 받기 위해서였다.

그래서 중국에 선을 만들고 일단은 그쪽과 화해하는 제스처를 취했는데 이딴 식으로 뒤통수를 맞으니 뒤통수가 얼얼할 지경이었다.

"그래서 우리도 곤란스러워하고 있습니다."

이걸 전쟁으로 몰고 갈 수는 없는 상황이다.

그렇다고 이걸 핑계 삼아서 경제제재를 하자니, 어찌 되었건 이건 중국의 범죄자들이 하는 일이고 중국 정부와는 상관없는 일이다. 공식적으로는 말이다.

그렇다 보니 그걸 가지고 중국에 항의할 수는 있지만 다른 정치적 압박에는 한계가 명확하다.

그렇다고 그들이 직접 처벌할 수도 없다.

그건 명백한 내정간섭이니까.

"그렇다고 해서 중국에서 오는 모든 물건을 검역하는 것도 불가능하잖아."

아무리 막무가내로 운영하는 도널드 올드먼이라곤 해도 그 정도의 상식은 있다.

　당연히 그 정도의 검역은 인원도, 시간도 부족해서 불가능하다.

　"그렇다고 마약중독자들을 모조리 쳐 죽일 수도 없는 노릇이고."

　애초에 이번 일은 마약중독자가 아닌 공급하는 놈들이 문제인 거다.

　"일단 이걸 다른 나라에 공개하고 다른 나라들과 공동전선을 꾸려서 반마약 동맹을 맺는 게 중요하다고 생각합니다."

　"그게 말이 된다고 생각해? 그건 그 나라에서 알아서 하는 거지! 왜 우리가 그놈들까지 지켜 줘?"

　도널드 올드먼은 미국 우선주의를 표방한다.

　명백하게 이런 경우에는 손잡고 함께 저항하는 형태여야 하지만, 도널드 올드먼은 그걸 공동전선을 펼치는 게 아니라 미국이 그들을 지켜 주는 형태로 생각하고 있었다.

　"그건 아닙니다만."

　"시끄러워. 그놈들한테는 알아서 하라고 해. 우리가 다른 나라까지 다 지켜 줄 수는 없어."

　도널드 올드먼의 말에 다들 찍소리도 못 했다.

　이미 결정한 이상 그는 절대로 말을 바꾸지 않을 게 뻔하니까.

"나는 징징거리는 소리를 듣고 싶은 게 아니야. 이 상황을 어떻게 해결할지 답을 내놓으라고, 답을!"

화내는 도널드 올드먼을 보며 CIA 국장은 속으로 쓴웃음을 지었다.

'마이스터 말대로 되는군. 아니, 너무 뻔한 거였나?'

사실 이 자료를 넘겨준 마이스터에서는 도널드 올드먼이 저런 식으로 나올 테니 다른 나라들에 정보만 넘기고 공동전선을 꾸릴 생각은 하지 말라고 하기는 했다.

물론 그걸 받은 다른 나라들도 딱히 방법이 없는 건 마찬가지겠지만 말이다.

"일단 이걸 제공한 마이스터에서는 현 상황에서 중국의 몰락을 막으면서 이 문제를 해결하기 위해서는 다른 방법이 필요하다고 했습니다."

"그러니까 그게 뭐냐고."

"그건 1급 기밀입니다."

CIA 국장의 말에 도널드 올드먼은 주변을 스윽 둘러봤다.

물론 여기에 있는 사람들은 다 믿을 만한 사람이다. 당연히 기밀 취급 허가가 있다.

하지만 그럼에도 불구하고 따로 1급 기밀이라고 하는 이유는 간단하다. 그만큼 위험한 작전이기 때문이다.

"다들 들었지? 어디서 입도 뻥긋하지 마."

그 말에 다들 고개를 끄덕거렸고 CIA 국장은 주변을 둘러

보더니 말했다.

"일단 지금으로서는 중국 정부에 항의해도 소용은 없습니다. 현재의 정황을 보면 중국 정부는 무차별적으로 마약을 발송하고 있습니다."

"그건 그렇지."

"그리고 마이스터에서 내놓은 해결책은, 다름 아닌 반송과 무차별 주문입니다."

"반송? 지금 반송이라고 했나? 이해가 안 가는데?"

반송이라니?

물론 반송이라는 게 뭔지는 안다.

반송이란 우편물이 잘못 온 경우 그걸 발송인에게 돌려보내는 걸 말한다.

"이게 반송이 가능한 건입니까?"

옆에 있던 도널드 올드먼의 보좌관이 고개를 갸웃하면서 물었다.

"애초에 주소지가 특정되지도 않았을 텐데요. 그걸 발송하는 놈들이 멀쩡한 놈들이 아닌데 제대로 된 주소지를 적었을 리가 없지 않습니까?"

국제우편으로 뭔가를 보내기 위해서는 당연히 발송 주소와 수신 주소를 적어야 한다.

수신 주소야 주문한 측의 것이니 정확하겠지만 보내는 놈들이 자기 주소를 제대로 적을 리가 없다.

이것이 법이다

"네. 알아봤더니 대부분 없는 주소지거나 전혀 상관없는 주소더군요."

"그런데 반송하자니 이해가 안 가는데? 반송한다고 해서 그게 그놈들에게 가는 것도 아니지 않나?"

"물론 그렇지요. 하지만 그게 상관있습니까?"

"무슨 말이지?"

도널드 올드먼은 고개를 갸웃했다.

"간단한 거죠. 반송하면 그 주소지로 마약이 갈 겁니다. 당연히 거기에는 마약 업자가 없을 겁니다."

"그래서?"

"그러면 그 마약은 어떻게 되겠습니까?"

"글쎄? 그거야…… 흠, 그렇군."

양심적인 놈이라면 공안에 신고할 거다.

그리고 그때부터는 상황이 달라진다.

중국의 공안 입장에서는 명백하게 중국에 들어온 마약이다. 그러니 조사해서 처벌해야 한다.

"하지만 그런다고 해서 중국이 처벌하지는 않을 것 같습니다만. 사실상 중국이 이 전략을 실행한 것 아닙니까?"

누군가의 말에 CIA 국장은 속으로 쓴웃음을 지었다.

'이런 놈들이 미국의 대표라니.'

그는 이 전략을 들었을 때 탄성을 내질렀다. 반대로 중국에 카운터를 때리는 전략이니까.

그런데 지금처럼 쉽게 설명해도 못 알아듣는 놈들이 꼭 있었다.

　도널드 올드먼의 사람들 중에는 의외로 똑똑하지 못한 사람이 너무 많았다.

　"아까 말씀드렸다시피 그나마 착하면 신고할 거라는 겁니다, 착하면. 하지만 중국인들에게서 양심을 찾기는 조금 힘들지요."

　"그러면?"

　"아마도 그걸 받은 놈은 미친 듯이 팔아재낄 겁니다."

　"아!"

　당연히 중국 내부에 엄청난 양의 펜타닐이 퍼지기 시작할 거다.

　"우리는 그걸 조사할 이유가 없죠. 반품한 거니까."

　"모든 책임은 중국이 진다 이거군."

　"맞습니다."

　이쪽에서 수령을 거부한 거니 그건 법적으로 문제가 없다.

　만일 미국에서 그걸 수사한다고 하면 방법이 없지만, 반품된 게 마약인 펜타닐이라면 국제법상 그걸로 조사받아야 하는 건 미국이 아니라 중국이다.

　"하지만 그게 과연 효과가 있을까요?"

　"상당히 효과가 있을 겁니다. 판매자가 많지는 않으니까요."

　한 명의 판매자가 한 명의 사용자한테 파는 게 아니라 한 명의 판매자가 수백 수천 명에게 판매한다.

그중에서 한 명이라도 반품하면 상대방을 특정할 수 있게 되고, 그에 대해 중국에서 조사하게 된다.

"그렇게 된다면 중국은 그놈을 조지든가 아니면 반품되는 걸 막든가 해야 하는군."

"문제는 반품되는 물품을 확인하는 게 사실상 불가능하다는 거죠."

어마어마한 물동량.

그것 때문에 미국도 중국에서 들어오는 모든 물건을 커버할 수가 없다. 그리고 그게 문제인 거다.

"그 과정에서 우리가 약간의 작전을 펼칠 수 있습니다."

"약간의 작전?"

"아까 말씀드렸다시피 무차별적인 주문이 핵심입니다."

"무슨 말이지?"

"이미 우리는 발송자들의 가짜 주소와 이름을 알고 있습니다. 그들에게 주문할 수도 있는 거죠."

"그래서, 주문하자 이건가?"

"그렇습니다. 대량으로 주문해서 받은 다음 그대로 반송하는 겁니다."

"그러면 무슨 효과가 있지?"

아무래도 이런 작전에 대해 잘 모르는 도널드 올드먼은 고개를 갸웃하면서 물었다.

그 말에 국장은 조용히 답했다.

"이런 업자들은 기본적으로 대량 주문을 우선합니다. 애초에 그게 돈이 더 되거든요. 또한 그런 물건은 뒤에 중국이 있다는 가장 확실한 증거가 되기도 하고요."

펜타닐은 화학적으로 만들어진 마약이다. 그걸 만들기 위해서는 엄청난 양의 재료를 구입해야 한다.

당연히 재료를 많이 구입할수록 추적하기 쉬워진다.

"펜타닐 재료들은 대부분 엄격한 관리 대상입니다. 그걸 대량으로 구입한다면 당연히 의심받을 수밖에 없고요."

그런데 중국에서 그 범인을 잡지 않는다?

그건 중국에서 고의적으로 그들을 방치한다는 소리가 된다.

"그리고 그렇게 대량의 물건이 반품될수록 중국에서 마약은 엄청나게 빠르게 퍼질 겁니다. 동시에 국내 마약 양은 점점 줄어들 테고요."

"어째서 말인가?"

"가격의 문제죠."

물건의 희소성이 강해질수록 가격은 올라가기 마련이다.

당연히 일반 10~20대는 비싸진 펜타닐을 구입하기 힘들어질 거다.

그리고 그렇게 대량 구매 건수가 늘어나면 장사하는 사람은 당연히 대량 구매를 우선으로 발송하기 마련이니, 결과적으로 소량 구매는 우선순위에서 밀릴 수밖에 없다.

"자연스럽게 시중에 퍼지는 펜타닐의 양은 줄어들게 될 겁니다."

"흠, 좋은 생각이군."

도널드 올드먼은 그 말에 고개를 끄덕거렸다.

결정적으로 마음에 드는 건 자신들과 마찬가지로 중국도 이걸 막을 방법이 없다는 거다.

국제우편의 반송은 법적으로 보장되는 권리니까.

"그리고 우리 창고에는 압류한 펜타닐이 넘쳐 나죠."

"하하하."

보통은 소각 처리해 버리지만 그걸 같이 보낸다고 해도 그 사실을 중국에서 알아채기는 힘들 거다.

"중국은 양자택일을 해야겠군."

자국 내 마약 업자들을 소탕하든가, 아니면 자국 내 무차별적으로 마약이 퍼지는 걸 감안하고 계속 작전을 실행해야 한다.

"다만 문제는, 이런 경우 거래를 비트코인으로 한다는 겁니다만."

"비트코인이 그렇게 충분한가?"

물론 CIA나 FBI가 수사에 쓸 목적으로 일부 비트코인을 가지고 있는 건 사실이다.

하지만 그건 극히 일부일 뿐, 이런 거래에 쓸 정도로 비트코인을 비롯한 가상 화폐가 충분한 건 아니다.

"그래서 마이스터가 필요합니다. 전 세계에서 가장 많은 가상 화폐를 가지고 있는 집단이 바로 마이스터니까요."

"하긴, 그렇지."

노형진이 그걸 가지고 장난친 놈들을 한번 뒤집기는 했지만 그렇다고 해서 가상 화폐를 바로 그만둔 건 아니었다.

"그쪽에서 그러더군요, 중국에 엄청난 양의 비트코인을 가지고 있다고. 적당한 보상을 제공한다면 일부를 판매하겠답니다."

"중국이라……."

"중국이 세계의 공장이라는 것은 가상 화폐 시장에서도 마찬가지인 사실이니까요."

중국은 전 세계에서 가장 많은 가상 화폐 채굴장이 몰려 있다.

어느 정도로 많냐면, 그 가상 화폐 발굴장에서 전 세계 그래픽 카드 대부분을 싹쓸이해 갈 정도다.

심지어 중국이 가상 화폐를 전면 금지하고 강제로 모든 가상 화폐 공장을 폐쇄했을 때 그 가상 화폐 공장이 다른 나라로 이전했는데, 그곳이 얼마나 전기를 많이 먹었는지 국가 기간 시설이 멈춰 버려서 그 나라에서 시위대와 정부의 충돌이 발생해 정부에서 실탄 발사를 명할 정도였다.

"중국에 있는 가상 화폐로 값을 치르면 우리를 추적할 수는 없지요."

"좋은 생각이군."

어차피 저쪽에 반품하는 건 펜타닐이다. 이미 압류된 펜타닐을 보내도 문제 될 건 없다.

마약 제조 업자가 이건 자신이 만든 게 아니라며 성분비를 비교할 것도 아니니까.

"바로 준비하게."

"네."

"그리고 더 할 말이 있나?"

그 말에 CIA 국장은 입을 다물었다. 하지만 묘한 눈빛으로 다른 사람들을 바라보았다.

그걸 본 도널드 올드먼은 그가 할 말이 있다는 걸 직감적으로 알아차렸다.

"잠깐 쉬도록 하지. CIA 국장은 잠깐 나 좀 보고."

"네, 각하."

우르르 나가는 사람들.

그리고 방 안에 둘만 남은 상황에서 도널드 올드먼이 먼저 입을 열었다.

"뭔가 다른 방법이 있나?"

"저희도 다른 방법을 좀 알아봤습니다. 마이스터로부터 계속 도움을 받을 수는 없으니까요."

"다른 방법?"

"무차별적인 마약 주문과 반송 작전을 우리만 하라는 법은 없지 않습니까?"

그 말에 도널드 올드먼이 눈을 찡그렸다.

"뭔 개소리야? 다른 나라와 손잡자고? 내가 그런 경우는 없다고 하지 않았나? 우리만 잘 먹고 잘 살면 되는 거지 왜 남의 나라까지 지켜 줘야 하는 건데?"

"그게 아닙니다."

전 세계에서 가장 음모를 짜는 데 익숙한 게 누구일까?

바로 CIA다.

그들이 이런 상황을 알았을 때 과연 그걸 이용해서 음모를 짜지 않을까? 그럴 리가 없다.

사실 노형진도 그걸 알고 있다. 그렇지만 막을 생각은 없었다.

어떤 생각을 할지 예상은 되지만 노형진이 하지 말라고 해서 안 할 놈들이 아니기 때문이다.

"주문할 때 굳이 미국에서 할 이유는 없지요."

"미국에서 안 하면?"

"유럽에서 대량의 주문을 하는 겁니다. 그리고 그들도 함정에 빠지도록 유도하는 거죠."

"호오, 그래? 잠깐 이야기를 좀 들어 보지."

그 말에 도널드 올드먼은 관심을 보였다. 생각지도 못한 좋은 방법을 이야기하고 있으니까.

"어차피 중국을, 아니 공산당을 압박하는 것은 우리의 힘만으로는 부족합니다. 그러니 유럽을 은근슬쩍 끌어들이자는 거죠."

"그러니까 유럽을 보호하자는 게 아니라 우리에게 붙도록 만들겠다?"

"네. 어마어마한 양의 펜타닐이 유럽으로 퍼진다면 지금의 유럽은 버틸 힘이 없어집니다."

현재 유럽은 극심한 혼란에 빠져 있었다.

하나의 공동체를 추구하면서 시작된 유럽이지만 코델09바이러스로 인해 국경은 폐쇄되었고 각 나라는 방역용품을 가지고 서로 악다구니를 하고 있다.

당연히 그 안에서 서로에 대한 배려와 우정은 사라진 지 오래였다.

"그 상황에서 어마어마한 마약이 들어온다면 어떻겠습니까?"

"흠…… 확실히 화나겠지."

"중국의 서류에서는 적성국이 어떤 나라인지 정확하게 분류되지 않았습니다. 그리고 유럽은 프랑스를 제외하고는 중국과 사이가 좋지 않지요."

그 말에 도널드 올드먼은 눈을 반짝였다.

"그러면 우리가 중국에서 펜타닐을 발송하는 건?"

"가능합니다. 아까도 말씀드렸다시피 미국 내에는 어마어마한 양의 펜타닐이 쌓여 있습니다."

그걸 빼돌려서 중국으로 가지고 가는 건 불가능하지 않다.

그러니 그걸 유럽에 가지고 가서 중국 업자인 척 무차별적으로 뿌린다면?

그리고 유럽에서 발견하게끔 유도한다면?

유럽의 분노는 하늘을 찌르게 될 것이다.

"특히 영국 같은 경우는 더더욱 화나겠군."

중국과 아편전쟁을 했던 영국이다.

중국이 자신들이 했던 그대로 자신들을 말려 죽이려고 한다면 기가 찰 거다.

"그리고 그건 유럽에만 가능한 게 아니지요."

"유럽에만 가능한 게 아니라고?"

"아까도 말씀드렸다시피 중국은 적성국이 어디인지 정확하게 언급하지 않았습니다. 그리고 러시아도 중국과 사이가 안 좋지요."

그 말에 도널드 올드먼은 눈을 반짝거렸다.

물론 러시아와 중국이 손잡은 것은 사실이다.

하지만 그건 사이가 좋기보다는, 미국이라는 거대한 적을 상대하기 위해 어쩔 수 없이 손잡은 것에 가깝다.

그도 그럴 게 중국은 러시아의 최신 기술을 훔치는 데 혈안이 되어 있었고 그러다가 몇 번이나 걸렸으니까.

심지어 전투기를 수입할 때 절대로 뜯지 않기로 계약하고서는 전투기가 들어오자마자 계약을 무시하고 전투기를 뜯어서 조사했다.

그리고 그 사건 이후에 러시아는 중국에 어떤 무기도 수출하지 않고 있다.

"믿을 수 없는 아군이다 이건가?"

"네. 마치 한국과 일본처럼요."

그 둘은 분명 미국 아래에서 손잡고 중국과 대항하고 있지만 동시에 상대방이 언제 뒤통수를 칠지 몰라서 사실상 적성국으로 간주하는 성향을 보인다.

"러시아와 중국을 이간질하는 것만으로도 우리가 손해 보는 건 없습니다."

"그렇겠지."

러시아의 대통령이자 사실상 황제가 되어 버린 체르덴코는 자신에게 뒤에서 엿 먹이는 놈을 가만두는 성격이 아니다.

"문제는 중국이 그게 아니라고 부정할 방법이 없다는 거죠."

서로 믿지 못하는 상황에서 러시아에 막대한 마약이 수출된다면 체르덴코는 아마 그런 중국의 행동을 나중에 뒤통수를 치기 위한 하나의 포석으로 생각할 가능성이 크다.

실제로 중국은 그런 식으로 행동해 왔으니까.

"흠, 좋은 생각이군. 돈이 부족한 건 아니니까."

도널드 올드먼은 미소를 지었다.

얼마 지나지 않아 전 세계에는 엄청난 양의 차이나 화이트. 즉 펜타닐이 퍼지기 시작했다.

중국의 공산당은 갑자기 몰려드는 어마어마한 주문에 속으로 환호를 내질렀다.

수십 년간 조용히 진행하려고 했던 일이 갑자기 이루어지는 것이었으니까.

그들은 이게 우연이라고 생각했다.

코델09바이러스로 인해 지친 사람들이 마약에 빠지기 시작했다고 생각한 것이다.

그래서 그들은 뒤에서 은밀하게 마약 업자들에게 펜타닐 제조에 필요한 장비와 약품들을 제공하기 시작했고, 그럼에도 불구하고 펜타닐의 수요를 감당할 수 없어서 가격은 가파르게 상승했다.

"이걸 안 걸릴 거라고 생각하는 걸까요?"

상황을 지켜보던 로버트는 어이가 없어서 노형진에게 물었다.

그도 그럴 게 이미 중국이 마약을 이용한 전략을 짜고 있다는 걸 알고 있던 노형진이 조용히 제조에 필요한 약품들을 추적하고 있었기 때문이다.

일개 기업인인 자신도 이렇게나 쉽게 추적이 가능한데 과연 다른 나라들이 모를까?

"뭐, 그렇게 깊이 생각하지는 않는 것 같은데요. 중국 정치인들은 상당히 생각이 짧은 편이라서요."

노형진은 어깨를 으쓱하며 말했다.

"그 컨테이너 미사일 함도 실전 배치했다는 소문도 있고요."

"아, 그 소문 들었습니다. 뭔 미친 소리인지 모르겠더군요."

"그만큼 중국의 정치인들, 정확하게는 공산당이 생각이 없는 거죠."

컨테이너 미사일 함.

그러니까 컨테이너 박스 안에 미사일 발사기를 숨겨 뒀다가 미사일을 쏴서 상대방을 습격하는 용도로 쓴다는 건데, 사실 이 의견은 이미 다른 나라들도 몇 번이나 검토한 사항이다.

그럼에도 불구하고 다른 나라들이 그 안건을 포기한 이유는 그게 자폭하는 짓이기 때문이다.

전쟁은 엄청난 물자를 소비하는 일이다. 당연히 엄청난 물자를 유통시켜야 하는데, 그 과정에서 화물선이 사용될 수밖에 없다.

그런데 그런 화물선에서 미사일을 쏜다?

적성국 입장에서는 저게 민간 화물선인지, 아니면 군용 미사일 함인지 알 수가 없게 된다.

아무리 전쟁 중이라고 해도 민간인 선박에 대한 공격은 극도로 제한된다.

그런데 일단 컨테이너 미사일이 한 번이라도 발사된 순간 중국의 모든 선박에 미사일을 적재했을 가능성을 무시할 수 없게 되니 교전 국가 입장에서는 안전을 위해 일단 격침시키고 볼 수밖에 없게 된다.

결국 단기 전투 승리를 위해 장기 전쟁 수행 능력을 포기하는 셈이다.

"이런 전략이 쓰인 적이 딱 한 번 있죠, 진주만이라고."

쓰게 웃는 로버트.

일본은 단기 승리를 위해 진주만을 기습했다. 미국의 군사력을 깔보고, 유럽에 집중하던 미국이 일본까지 공격하지는 못할 거라 생각한 것이다.

하지만 그건 완전 오판이었고 결국 일본은 유일한 핵 피폭국이 되어 버렸다.

"뭐, 역사란 그런 겁니다. 그 당시에 생각하면 참 좋은 아이디어 같은데, 나중에 보면 '뭐 이런 병신이 있나.' 하는 경우가 어디 한두 번인가요?"

노형진은 어깨를 으쓱하며 말했다.

중국 입장에서야 지금은 자기들이 걸리지 않고 상대방의 국력을 빼앗을 수 있다고 생각할 테지만.

"그나저나 노 변호사님의 말씀대로 CIA가 다른 나라들을 이용할까요?"

"할 겁니다."

이런 말이 있다, 천사들이 사는 나라가 결코 천국은 아니라고. 그들도 그들을 위해 일하니까.

더군다나 도널드 올드먼은 극단적 자국 우선주의를 표방하고 있다.

실제로 도널드 올드먼의 그러한 정책 때문에 중국과 사이가 좋아진 나라가 한둘이 아니다.

"하지만 그렇다고 해서 도널드 올드먼이 바보는 또 아니거든요. 바보였다면 그 자리까지 못 올라갔을 겁니다. 돈도 똑똑해야 버는 겁니다."

다른 나라를 구하고 싶은 생각은 없겠지만 다른 나라들과 중국이 싸우는 걸 막을 생각도 없을 거다.

"당연히 CIA 국장 역시 그런 성향을 가지고 있을 테고요."

그런 상황에서 이런 기회를 거부한다? 그럴 리가.

"그리고 이때가 상하이방이 치고 올라갈 시점입니다."

노형진은 씩 웃었다.

마약과의 전쟁

중국이 이상 징후를 느끼기까지는 얼마 걸리지 않았다.

신나게 보낸 펜타닐이 모조리 반송당하기 시작했으니까.

아무리 보내고 방치하는 형식으로 선을 끊어 버린다고 해도 갑자기 늘어나는 중국 내 펜타닐 과용 사망을 모를 수가 없다.

"뭐지? 이게 어떻게 된 거지?"

중국 정보국의 둥웨이는 뭔가 이상함을 느낄 수밖에 없었다.

그가 은밀하게 지시한, 마약을 이용한 적성국의 약화 전략.

그게 효과를 발휘해서 미국에서 10~20대의 사망자가 폭증했다고 했을 때 그는 환호를 내질렀다.

이 작전이 성공한 이상 당연히 자신의 미래가 화려해질 거라 생각했다.

그런데 갑자기 중국 내부에서 정체를 알 수 없는 약물중독 사망자가 폭증하기 시작했다. 알아보니 그 정체불명의 약물은 펜타닐이었다.

"아니, 이게 말이나 되느냐고."

심지어 한 지역에서 한 번에 1천 명 가까운 사람들이 펜타닐 중독으로 사망해 버리기도 했다.

이건 정상적인 상황이 아니기에 그는 당장 조사를 명했다.

아무리 그가 권력으로 마약상을 보호한다고 해도 중국 내부에서 펜타닐 중독으로 1천 명이 넘는 사망자가 발생했다면, 그것도 한 지역에서 동시에 발생했다면 이건 덮는 데에 한계가 있기 때문이다.

더군다나 자신은 분명 업자들에게 미국으로 펜타닐을 수출하는 조건으로 보호를 약속했다.

그런데 그 약속을 지키지 않고 중국 내에서 펜타닐을 풀어버린 거라면 그에 상응하는 보복을 해야 한다.

"그놈들이 배신한 거야? 그에 대한 보복은 각오한 거겠지?"

등웨이는 얼굴이 시뻘게져서 씩씩거렸다.

중국은 마약에 상당히 예민한 편이다. 예민한 정도를 넘어서 거의 경기를 일으킨다.

그런데 자신이 관리를 못해서 중국 내에 펜타닐이 퍼진 거라면 자신의 목이 멀쩡할 수가 없다.

"그게…… 확인해 봤습니다만…… 업자들이 뿌린 건 아니라고 합니다."

"뭐? 그게 무슨 소리야? 그놈들이 아니면 누가 뿌려?"

"미국에서 국제우편이 모두 반품되었다고 합니다."

"반품?"

반품이라는 말에 등웨이는 어이가 없었다. 그리고 소리를 버럭 질렀다.

"그게 말이나 된다고 생각해? 아니, 우리가 보낸 마……
아니 물건이 반품되었다고?"

"네. 엄청난 양이 반품되었답니다."

"아니, 그게 왜 중국에 퍼진 건데?"

"그게, 그걸 받은 놈들이 그걸 공안에 신고하지 않고 그냥
팔아먹은 모양입니다."

"이런 미친."

그걸 받은 사람들의 반응은 다양했다.

누군가는 신고했고, 다른 누군가는 가져다 버렸다. 그리고
또 다른 누군가는 그게 영양제인 줄 알고 공짜로 먹을 수 있
다고 날름 먹어 버리기도 했다.

어찌 되었건 그게 펜타닐이라는 걸 알아차린 일부는 그걸
팔아먹어 두둑하게 자기 주머니를 채우려고 했다.

그리고 그게 문제였다.

제대로 된 마약 업자가 아니니 그걸 얼마나 써야 하는지 모르는 게 당연하고, 그런 상황에서 팔아먹었으니 산 놈들도 그냥 눈대중으로 사용한 것이다.

문제는 펜타닐은 절대로 눈대중으로 사용할 수 있는 그런 마약이 아니라는 거다.

아주 정밀한 저울로 소수점 단위로 재서 써야 하며, 그마저도 워낙 독해서 주사를 맞거나 섭취하는 일반적인 복용 형태가 아니라 태워서 연기를 흡입하는 형태로 써야 한다.

그런데 그런 마약을 무차별적으로 뿌렸으니 당연히 사망자가 나오지 않을 리가 없다.

"그걸 왜 반송시키는데!"

"그건…… 알 수 없습니다. 다만 그렇게 퍼진 펜타닐의 양이 어마어마하다고 합니다."

"얼마나?"

"아직 확실하지 않습니다, 워낙 양이 많아서. 하지만 현재 상황에서 그나마 정리된 양이 대략 800킬로그램 정도……."

"뭐?"

그 말에 등웨이는 정신이 아득해졌다.

1그램도 아니고 소수점 단위로 계량해서 써야 하는 펜타닐이 중국에 800킬로그램이나 퍼졌단다.

"이런 말도 안 되는……."

미국에서 항의하는 것은 알고 있었다. 하지만 '일부' 범죄자라는 말로 그 책임을 회피하고 있었다.

그런데 펜타닐을 반송시키는 전략을 쓸 줄은 몰랐다.

그도 그럴 게, 미국은 마약이 발견되면 압수하고 수입자를 처벌한 후 마약은 소각하는 방식으로 처리했기 때문이다.

당연히 기존 방식대로라면 이쪽은 아무런 피해도 없었다.

어차피 펜타닐은 재료만 있으면 쉽게 만들 수 있는 마약이니까.

그런데 그걸 반송시킨다고?

"그러면 주소지는……."

"저희가 보낼 때 주소지는 완전 랜덤하게 발송하기 때문에……."

즉, 어디로 보냈는지 어디로 돌아왔는지 알 수가 없다는 거다.

발송한 마약이 한두 개도 아니고 당연히 주소도 가짜다.

더군다나 가장 큰 문제는 그 과정에서 사라지는 것이 엄청나게 많다는 거다.

중간에 우체부나 내부에서 빼돌리는 마약까지 생각하면…….

"우, 우리가 미국에 보낸 마약이 얼마나 되지?"

"최근에 보낸 것만 생각하면 대략…… 1톤입니다."

"대략 1톤이라고?"

"네."

과연 그중에서 얼마나 중국으로 돌아왔을까?

그리고 얼마나 많은 양이 사라졌을까?

하지만 둥웨이의 고민은 그게 끝이 아니었다. 오히려 이제 시작이었다.

"이게 말이나 된다고? 200킬로그램? 지금 펜타닐 200킬로그램이 들어왔다는 거야?"

프랑스 경시청은 아주 분위기가 살벌했다.

그도 그럴 게 세관으로 펜타닐이 들어오다가 발각되었기 때문이다.

물론 200킬로그램이나 되는 양이 한꺼번에 들어온 건 아니다. 수천 곳으로 나뉘어서 아주 꼼꼼하게 감춰진 채로 발송되었다.

만일 미국에서 정보를 제공하지 않았다면 프랑스 내부에 무려 200킬로그램의 펜타닐이 퍼질 뻔했다.

그리고 그 정도 양이면 아마 프랑스 국민의 30%는 마약중독자가 될 거다.

"도대체 이게 말이 된다고 생각해?"

화내는 경시청장의 말에 조용히 듣고 있던 프랑스의 국내 안보총국, 그러니까 미국으로 치면 FBI의 요원은 나지막하게 말했다.

"그러니까 우리가 정보를 제공한 것 아닙니까?"

"도대체 이 정보가 어디서 온 거요!"

"말할 수 없습니다."

"아니, 그러면 우리보고 어쩌라고? 중국에서 다시 마약을 보내면 어쩌라고? 무려 200킬로그램이오, 200킬로그램!"

이 정도면 진짜 프랑스를 파멸로 몰고 갈 씨앗이 될 수 있는 양이다.

'문제는 그게 아니야.'

안보총국의 요원은 소리를 버럭버럭 지르는 경시총장의 말을 무시하면서 머릿속에 있는 정보를 정리했다.

'다른 나라들에서도 많은 양의 펜타닐이 발견되었어.'

프랑스만의 문제가 아니다.

유럽 전역에서 펜타닐이 발견되고 있었고, 발송처는 모두 중국이었다.

그리고 얼마 전 미국에서 넘겨준 정보.

적성국으로 분류될 만한 국가에 대한, 중국의 마약을 이용한 공격 계획.

그렇잖아도 프랑스를 비롯한 유럽에는 문제가 많다.

난민의 유입으로 인해 사회가 불안하고 국민들의 분노가 하늘을 찌르고 있다.

비록 노형진과 세계복지재단이 각 지역에 안전 마을을 만들고 그 안에서 보호 정책을 시행하고 있다지만 난민을 완벽하게 커버할 수는 없다.

사실 말이 난민이지 국가의 혼란이 두려워 도망친 사람보다는 이번 기회에 잘사는 나라로 이주하려는 사람들이 대부분이었는데, 그들에게는 애초에 안전 마을은 선택지가 아니었다.

당연히 그들은 유럽으로 몰려들었고, 그들로 인해 유럽은 대혼란 그 자체였다.

그 와중에 마약은 최악의 상황이었다.

실제로 유럽 내부의 테러 단체들이 마약을 이용해서 난민을 포섭해 테러하려 한다는 첩보가 계속 들어오고 있는 상황이다.

더군다나 펜타닐은 가격도 싸고 구하기도 쉽다.

'그리고 마약에 취한 놈들은 제압도 힘들어.'

요원은 실전 경험이 있는 사람이었다.

그래서 그는 마약에 취한 놈들에게 5.56mm 나토탄이 그다지 저지력을 발휘하지 못한다는 걸 알고 있었다.

실제로 나토에서 7.62mm로 탄을 바꾸기로 내부적으로 결정한 상황인데, 그 이유가 테러 집단과 싸우다 보면 마약에 취한 놈들은 5.56mm에 맞고도 멀쩡하게 달려오면서 총질하는 경우가 엄청나게 많았기 때문이다.

그런데 그런 놈들이 프랑스 한복판에 나타나서 미친 듯이 총질을 한다면? 과연 얼마나 많은 사람들이 죽을까?

도리어 그런 행동은 폭탄 테러보다 더 많은 사람들이 죽을 수도 있는 일이었다.

그런데 그런 마약 중 최흉의 마약인 펜타닐이 수백 킬로그램 단위로 반입되다니.

"쟝 요원!"

자신을 무시한다고 생각한 건지 경시청장은 화를 발끈 내었고, 그제야 쟝이라고 불린 요원은 정신을 차렸다.

"중요한 건 이 상황이 이번 한 번으로 끝날 것 같지는 않다는 겁니다. 지금 다른 나라에서도 중국발 펜타닐이 엄청나게 발견되고 있다고 합니다."

"다른 나라도?"

"국가 기밀 사항이라 더 이상은 말할 수 없습니다."

쟝은 그렇게 말하면서도 입술을 깨물었다.

'위에서 과연 어떤 방식을 쓸 것인가.'

중국과 전쟁을 할 수는 없는 상황. 그 상황에서 과연 어떤 카드를 꺼낼 것인가.

쟝은 그게 궁금했다.

"반송?"

그 시각, 유럽의 대표들 사이에서는 생각지도 못한 이야기가 나왔다.

"뜬금없이 그게 무슨 소리입니까, 반송이라니? 미국에서 압류한 마약을 그대로 중국에 돌려줬다는 겁니까?"

"맞습니다. 전부는 아니지만 발견되는 양을 모두 반송시키고 있다고 합니다."

"미쳤군."

"돈 거 아닌가?"

다들 어이가 없다는 듯 고개를 갸웃했다.

그도 그럴 게, 돌려줘 봐야 결국 다시 미국으로 들어올 마약이 아닌가? 그런데 반송이라니?

"도널드 올드먼이 그런 말을 했답니다. 마약을 만든 놈들이 책임져야지, 우리가 왜 마약을 처리하기 위해 돈을 쓰냐고."

"끄응, 돈에 미친 그놈이라면 그럴 만도 하지."

안하무인으로 날뛰는 도널드 올드먼에 대해 생각하던 사람들은 눈을 찡그렸다.

"중요한 건 그 반품이라는 방식이 의외로 효과적이라는 거죠."

"무슨 소리입니까, 그게? 그걸 중국으로 돌려보냈는데 무슨 효과가 있어요?"

"그걸 중국 정부에서 받아 간 게 아니지 않습니까? 그냥 발송처로 보내 버렸답니다."

"그래서요?"

"중국인들이 중간에서 그대로 빼돌려서 팔아먹기 시작했다는군요."

그 말에 다들 어리둥절한 표정이 되었다.

"이건 미 CIA 보고서입니다. 반품의 1차 효과에 대한 부분입니다. 현재 반품으로 인해 1만 명 이상의 급성 약물중독 사망자가 나왔고, 중국 정부에서는 그 부분에 대해 심각하게 받아들이고 있답니다."

"그래요?"

"네. 중국은 영국과 아편전쟁을 한 기록이 있으니까요."

그리고 이 문제를 덮을 수도 없다.

"그렇다고 해서 미국에 항의할 수도 없다고 하더군요. 마약을 발송한 게 중국이니까요."

중국에서 마약을 발송한 이상 그 첫 번째 박멸 책임은 중국 정부에 있다.

"그런데 이게 어찌 보면 기회일 수도 있다는 생각이 듭니다. 아니, 기회라기보다는 순리에 맞다는 생각이죠."

"순리?"

"우리가 매년 어마어마한 양의 마약을 소각 처리하고 그 후에 마약중독자들을 해결하는 게 이만저만 심각한 문제가 아니지 않습니까?"

마약의 문제는 단순히 미국만의 문제가 아니다. 미국뿐만 아니라 유럽, 심지어 한국조차도 마약으로 곤혹스러워하고 있다.

한국에서도 알려지지 않았을 뿐이지 펜타닐에 의한 마약 중독자는 엄청나게 많다.

과거처럼 마약중독이 범죄 조직의 유통망이 아니라 개인 통관을 통해 들어오다 보니 수색할 범위가 터무니없이 늘어난 게 문제였다.

"그걸 그 나라에 그대로 돌려보내면 어떻게 되습니까?"

"그거야…… 흠, 그렇군. 그 나라는 초토화되겠군요. 중국뿐 아니라 다른 나라라 할지라도요."

"맞습니다."

기존에 다른 나라에서 들어온 마약을 당하는 쪽에서 소각 처리하는 게 아니라 그걸 발송한 국가로 보낸다면?

상대방은 그걸 처리하기 위해 어마어마한 부담을 느끼게 될 것이다.

그리고 그건 장기적으로 그 나라를 좀먹게 될 것이다.

"아시겠지만 대부분의 마약 재배는 국가의 묵인하에 벌어집니다."

"하긴, 좀 그런 게 있지."

당장 콜롬비아를 비롯한 수많은 나라에서 마약의 생산이 이루어지고 있다.

그런 나라에서 생산되는 대부분의 마약들을 과연 나라에서 모를까?

그럴 리가 없다.

그런 마약 대국들에서 이루어지는 마약 생산은 갱단에 의한 어마어마한 규모라, 단순 헬기 순찰 한 번만으로도 드러날 정도다.

하지만 대부분의 경우 마약 소탕은 이루어지지 않는다.

보통 그 나라의 정부는 국력의 부족을 이유로 소탕을 거부한다.

그런데 이건 반은 맞고 반은 틀리다.

갱단이 워낙 강해서, 말이 갱단이지 사실상 반군 세력인지라 소탕하기 위해 싸우기 시작하면 내전에 준하는 상황까지 갈 수도 있는 탓이다.

그리고 그런 나라의 경우는 철저하게 돈을 가진 범죄자들이 권력을 가진다.

힘을 가진 범죄 집단이, 그것도 국가를 좌지우지할 정도의 힘을 가진 집단이 쿠데타를 일으키지 않는 이유는 간단하다.

이미 권력을 자기들이 가지고 있어서 그럴 필요가 없으니까.

선거에서 돈을 뿌리고 라이벌을 제거하고 반대파가 선출되면 납치해서 목을 따 버린다.

실제로 브라질에서 범죄 박멸을 내걸고 당선된 여자 시장이 당선 첫날 납치되어 수십 차례 강간당하고 산 채로 가죽이 벗겨져 도로 한복판에 매달린 모습으로 발견되기도 했다.

당연히 이미 그런 나라는 그들에게 반하는 정치를 한다는 게 불가능하고, 마약 박멸이 아니라 도리어 마약 진흥을 위해 일하게 된다.

　　실제로 마약의 피해를 엄청나게 입은 미국이나 다른 나라들이 공조수사나 무기나 군 지원 등을 통해 마약 조직을 박멸하자고 수백 번도 더 이야기했지만, 이미 그들의 지배를 받는 각 나라의 정부에서는 내정간섭이라면서 절대로 허락하지 않는다.

　　"하지만 그 나라에서 해당 물건을 소각 처리하게 한다면 그 나라도 부담이 늘어날 테고, 결과적으로 그 부담 때문에라도 마약을 소탕할지도 모릅니다."

　　"하지만 그런다고 해서 문제가 해결될지……."

　　"도리어 해결책이 될지도 모릅니다."

　　"무슨 소리입니까, 그게?"

　　"CIA에서 보내온 보고서에 새로운 정보가 있더군요."

　　물론 그 보고서는 노형진이 CIA를 통해 제출한 것이다.

　　노형진은 일이 이렇게 굴러갈 걸 알고 있었기에 CIA를 이용해서 전 세계 마약 시장을 뒤집어 볼 생각이었다.

　　"간단하게 말해서 마약 시장에 내전을 일으키자는 계획입니다."

　　"마약 시장에서 내전을 일으켜요?"

　　그 말에 고개를 갸웃하는 각국의 대표들.

"마약이 비싼 이유는 우리가 막으려고 하기 때문입니다."

"그거야 당연한 거 아니오? 마약을 누가 안 막는단 말이오?"

"그리고 우리가 발견하는 족족 소각 처리해 버리기 때문이죠."

실제로 사람들이 사용하는 마약보다 발견되어서 소각 처리되는 마약이 훨씬 많다. 그 때문에 마약은 기본적으로 고가이며 유통을 제어하기 힘들다.

"그런데 그걸 무차별적으로 반품하는 경우, 뭐 이번 일은 중국에 한정된 상황이지만 다른 나라, 가령 마약을 많이 키우는 콜롬비아 같은 곳에 보내면 어떻게 되겠습니까?"

"그거야 다시 돌려보내겠지."

"물론 정부 차원에서는 돌려보내지 못할 겁니다."

그랬다가는 진짜 전쟁을 치러야 할 것이다.

당장 중국에서도 범죄자라는 가면을 써 가면서까지 몰래 보내는 이유가 뭔가?

상대 국가에 무차별적으로 마약을 공급하는 것 자체가 해당 국가를 망하게 하겠다는 소리이기 때문이다.

사실상 그 나라에 선전포고하는 행위나 다름없다.

"당연히 그 나라에서는 뭐라고 못 합니다. 그러니까 그걸 다른 방식으로 우리나라로 다시 보내려 할 겁니다."

"범죄 조직에 주겠지."

"그런데 콜롬비아에 범죄 조직이 한두 개던가요?"

그 말에 다들 무슨 말인지 알아듣고 눈을 반짝거렸다.

그도 그럴 게 그 어마어마한 마약을 그 나라의 마약 업자들이 모여서 나눠 가질까?

그럴 리가. 당연히 한쪽에서 싹 쓸어 가려고 할 거다.

그리고 그건 권력을 가진 자들이 될 테고.

실제로 압수한 마약을 빼돌리려는 시도는 시도 때도 없이 벌어지고 있다.

선진국인 자신들조차도 그 난리인데 과연 부패할 대로 부패한 나라들이 그걸 소각 처리할까?

"당연히 그 마약을 자기네 마약 조직에 넘길 겁니다. 그리고 그걸 가지고 간 조직은 마약을 가지고 세력을 키우겠죠."

"그걸 다른 조직들이 그냥 두고 볼 리가 없지."

마약 시장은 한정되어 있다.

각 나라마다 마약을 추적하기 위해 혈안이 되어 있고, 발견하는 족족 소각 처리하고 있다.

그랬기에 마약이 부족하고, 그래서 비싸고, 마약을 비싸게 팔아서 조직을 유지할 수 있는 거다.

그런데 만일 마약의 가격이 폭락하기 시작한다면?

"여기서는 경제적 논리가 적용됩니다."

각 조직이 유지되고 있는 절묘한 균형. 그 균형에 엄청난 충격이 가는 거다.

이쪽에서 떠넘기는 마약을, 과연 어떤 조직이 가지고 가는지에 따라 미래가 바뀔 거다.

"그러면 조직들이 전쟁을 시작하겠군."

"맞습니다."

전쟁이 시작되면 서로가 서로를 죽이는 싸움이 될 거다.

그리고 그 전쟁의 끝은, 최선의 상황은 공멸이고 최악의 상황은 내전이다.

"어느 쪽이든 그들은 마약을 키우는 곳을 유지하지 못하게 됩니다."

전쟁이 벌어지면서 인원을 모조리 차출할 테니까. 그래서 서로 쏴 죽이고 죽을 것이다.

그 과정에서 다른 조직을 밀어줄 가능성이 있는 모든 정치인들이 암살될 게 뻔하다.

그들이 손잡고 시장에 마약을 다시 유통한다? 그게 가능할 리가 없다.

"그리고 CIA의 분석에 따르면 그 내전 결과는 결국 마약 조직의 공멸입니다."

설사 한 조직이 살아남는다고 해도 국가의 정상적인 운영은 불가능해질 것이다.

당연히 그 나라는 사실상 무너진 상황에서 자연스럽게 재건되어야 한다.

"그 과정에 우리가 끼어드는 건 불가능하지 않죠."

이미 마약 조직은 사실상 와해되었을 거다. 최종 승리자가 있기야 하겠지만 과연 그들이 멀쩡한 조직일까?

거기다가 그 전쟁도 이쪽에서 은밀하게 지원해 준다면 무한정으로 끌 수 있다.

"하지만 그러면 마약의 공급량이 너무 많아지는 거 아닌가요? 마약을 막아야 하는 우리 입장에서는 반가운 일은 아닌데."

"아니요. 궁극적으로 마약의 유통량은 줄어들 겁니다."

"어째서요?"

"상대방 조직의 마약 재배지를 그냥 두겠습니까?"

"아!"

당연히 전쟁이 시작되면 상대방 조직의 마약 재배지부터 박살 내기 시작할 거다. 장기적으로 그래야 자기들이 유리해지니까.

당연히 마약을 잃어버린 조직은 돌려보낸 마약에 더더욱 매달리기 시작할 테고, 싸움은 끊임없이 벌어질 거다.

"CIA의 연구 결과에 따르면 그 경우 단시간 내에 마약 재배지가 급속도로 줄어들 거라고 합니다. 하지만 마약 가격 자체의 변동은 그다지 없을 거고요."

"우리가 돌려보내는 마약이 있으니까?"

"네."

결과적으로 공급처가 이쪽이 되어 버리는 마법이 벌어지는 거다.

그리고 그 싸움 끝에 한 조직이 남았을 때 이쪽에서 마약 공급을 끊어 버리면?

이것이 법이다

"그들은 마약을 새로 키워야 합니다. 하지만 힘도 없고 인원도 없죠."

그리고 그때쯤이면 방패가 되었던 그 나라의 정부는 와해 지경이 되어 있을 것이다.

"그때 우리가 들어가서 싹 쓸어버리는 게 불가능하진 않겠군."

"맞습니다."

물론 그러기 위해서는 정치적으로 해결할 게 여러 가지 있지만, 이미 망해 버린 마약 조직과 전 세계의 일반적인 국가가 가지는 힘의 갭은 절대로 해소할 수 없다.

그리고 그때는 어쩌면 마약이 근절될지도 모른다.

"이걸 동양에서는 이 보 전진을 위한 일보 후퇴라고 표현한다고 하더군요."

생각지도 못한 전략이었기에 다들 꿀 먹은 벙어리가 되었다.

조직 간의 내전 유도. 그리고 그로 인한 마약 시장의 붕괴.

"거기다가 우리가 공급하는 마약에 추적 장치를 다는 건 일도 아니죠."

그걸 이쪽에서 처리할 필요도 없다.

그냥 상대방 조직에 정보만 조금 흘리면 알아서 습격해서 불태워 버릴 것이다.

그리고 그렇게 된다면 습격당한 쪽에서는 분노로 눈이 멀어 버릴 거다.

"적당한 자극을 준다면 아마 자기들끼리 싸우다 공멸할 겁니다."

화평을 주장하는 내부 인물을 암살한다거나 이쪽에서 상대방 보스의 위치를 라이벌 조직에 알려 준다거나 하면서 말이다.

한번 불이 붙은 전쟁은 쉽게 끝나지 않을 거다.

그리고 그 힘이 그 나라의 군사력을 빼먹지는 않는다.

조직 간의 전쟁이기에 그 나라의 군사력은 멀쩡할 테고, 힘이 빠질 대로 빠진 조직은 해당 국가의 밥이나 마찬가지다.

"가능성이 높아 보이는군요."

각국의 대표들은 그 말에 미소를 지었다.

"그러면 새로운 국제법을 만드는 건 어려운 일이 아니겠군요."

"네. 아마 마약을 수출하는 나라에서는 절대 반대하지 않을 겁니다."

그들의 눈에는 자기들을 좀먹을 폭탄이 아니라 어마어마한 돈으로 보일 테니까.

"그 문제는 천천히 해결하기로 하고, 이제는 펜타닐을 보내고 있는 중국을 어떻게 해야 할지 생각을 좀 해 봅시다."

"미국에서도 효과를 발휘하고 있으니 우리도 반송 전략을 쓰면 될 거라 생각합니다."

"반송이라……. 하긴, 그걸 가지고 중국이 뭐라고 할 수는 없겠지요."

다들 고개를 끄덕거렸다. 중국에서 보낸 걸 돌려주는 거니까.

"때때로는 눈에는 눈, 이에는 이라고 하지요?"

누군가 말했다. 그리고 그 말에 다들 고개를 끄덕거렸다.

⚖️

비슷한 시각.

러시아에서 철혈의 대통령이자 새로운 황제나 마찬가지인 체르덴코의 입에서는 분노가 쏟아졌다.

"그러니까 지금 중국에서 우리에게 무차별적으로 마약을 쏟아붓고 있다?"

"일단 그렇게 보입니다. 미국에서 제공한 서류를 기반으로 한 내용을 보면 우리나라를 약화시킬 목적인 듯합니다."

"허, 샹량핑 이놈이 미쳤군."

"일단 우리도 모든 경찰을 동원해서 마약을 수색하고 있지만 쉽지 않습니다."

워낙 은밀하게 들어오는 마약들인지라 그걸 다 추적하는 건 불가능하다.

"벌써 어마어마한 숫자의 마약중독자들이 발생하고 있고 3천 명이 넘는 사람들이 급성 마약중독으로 사망했습니다."

"중국은 뭐라고 하던가?"

"자기들이 어찌할 수 있는 게 아니라고 하더군요. 범죄자들이 하는 짓이라고."

"다른 놈들도 아닌 중국이? 웃기고 있군."

중국이나 러시아나 둘 다 강력한 독재국가다. 그런 나라에서 범죄자들이 어떻게 살아남을 수 있겠는가?

러시아만 해도 한때 러시아를 주름잡던 레드마피아 상당수가 박멸되었다.

이유는 간단하다. 체르덴코가 그들을 싫어했으니까.

독재국가에서 국가 수장이 눈을 찌푸리면 그날로 군이 동원되어서 범죄 조직이 박멸된다.

그런데 독재국가인 중국에서 법과 원칙 때문에 마약상을 그냥 둔다?

헛소리도 이런 헛소리가 없다.

더군다나 중국과 마약의 악연을 전 세계가 아는데?

"하긴, 중국 놈들이 믿을 만한 놈들이 아니기는 하지."

미국이라는 강대한 적이 없다면 사실 그런 놈들과 손잡을 필요조차도 없다. 그리고 그걸 저놈들도 알고 있다.

"그러니까 미국을 제친 후에 우리도 제쳐 보겠다 이거군."

불가능한 건 아니다. 중국은 분명 강대국이고 그럴 만한 저력이 있다. 다만 그 저력을 본인들이 갉아먹고 있어서 문제일 뿐이지.

"어떻게 할까요?"

러시아는 다른 나라보다 마약에 취약하다.

그도 그럴 게, 다른 나라보다 치안도 안 좋은 편이고 국민들의 삶 자체가 팍팍하기 때문이다.

체르덴코가 기를 쓰고 레드마피아를 박멸한 이유가 뭔가?

그들이 마약을 유통했기 때문이다. 그들이 유통한 마약은 러시아를 좀먹게 될 거다.

그리고 강한 러시아, 구소련의 재림을 원하는 체르덴코에게 그건 절대로 용납할 수 없는 일이었다.

"그렇단 말이지."

"우리도 직접적으로 전쟁을 벌일 수는 없습니다."

미국이라는 적과 싸워야 하는 이상 중국과 어느 정도 같이 갈 수밖에 없는 게 현실.

그렇다고 이걸 그냥 두면 언젠가 중국이 러시아의 뒤통수를 후려갈길 거다.

"뭐, 적당히 경고 좀 해 주는 게 좋겠군."

"경고라 하시면……?"

"똑같이 해야지. 그 펜타닐이라는 거, 생산은 그렇게 어렵지 않다며?"

"네. 소규모 공장만 있어도 어마어마한 양을 만들어 낼 수 있습니다."

"만들어. 그리고 중국에 뿌려. 아예 공짜로 중국 대도시에 뿌려 버려."

"공짜로 말입니까?"

"중국 놈들은 그 정도 당해 봐야 정신 차려."

체르덴코는 다른 나라들과 확실하게 다른 경고 방법을 선호했다.

은밀하게 암살?

아니다. 그는 대놓고 자기를 드러낸다.

그래야 자신을 두려워하기 때문이다.

체르덴코라고 하면 나오는 말이 바로 방사능 홍차다.

정적이 마시는 홍차에 방사능 물질을 타서 죽여 버리는 방식.

독극물이 없는 것도 아닌데 왜 하필이면 구하기 힘든 방사능 홍차일까?

그건 간단하다.

구하기 힘드니까. 누가 봐도 자신이 죽인 걸로 보이니까.

그렇게 죽임으로써 주변에 경고하는 거다.

그게 체르덴코의 방식이었다.

"중국 주요 도시에 무차별적으로 펜타닐을 뿌려. 중국에서 우리 쪽으로 보내는 두 배, 아니 세 배 이상으로."

"알겠습니다."

"멍청한 샹량펑. 이놈은 너무 근시안적이야."

체르덴코는 눈을 찡그리면서 말했다.

"한번 혼나 봐야 정신을 차리지."

펜타닐.

그 강력한 마약을 만드는 데 초정밀 기술이 필요한 건 아니다. 방법만 알면 누구라도 만들 수 있다.

그리고 중국은 그 강력한 펜타닐을 통해 전 세계를 혼란시키고 상대방을 무력화할 계획을 세웠다.

하지만 그게 이런 방식으로 돌아올 거라고 생각도 못 했다.

"그러니까 최근에 우리가 보낸 펜타닐이 반송되고 있다고?"

"그렇습니다. 그리고 우리가 보내지 않은 펜타닐 역시 발송이 중국에서 되었다가 그대로 우리에게로 돌아옵니다. 아마도 내부에 우리가 모르는 펜타닐 조직이 있을 거라 생각됩니다."

"끄응……."

확실히 그럴 가능성이 없는 건 아니다.

모든 범죄 조직을 당에서 관리하는 것도 아니고, 펜타닐 수출을 하는 경우 처벌하지 않는다는 소문이 벌써 쫙 퍼졌을 테니까.

펜타닐을 수출하는 조직은 일반 조직이 아니다. 어설픈 일반 조직과 손잡고 그런 짓을 할 수는 없는 법.

그들은 모두 삼합회 소속의 계열이다. 그러니 한쪽에서 그렇게 돈을 벌어 재끼고 있으면 다른 곳에서 그런 짓을 안 할 리가 없다.

삼합회라고 묶어서 이야기하기는 하지만 사실 서로 다른 조직이니까.

"그래서 지금까지 들어온 펜타닐이 얼마나 된다고?"

"대략…… 2톤 정도 된다고 합니다."

"2톤? 지금 2톤이라고 했나?"

"미국뿐만 아니라 유럽에서도 반송되고 있습니다. 문제는 그것뿐만이 아닙니다. 지금 정체를 알 수 없는 펜타닐이 무차별적으로 뿌려지고 있습니다."

"그건 또 뭔 소리야?"

"중국 내부에서 어마어마한 숫자의 펜타닐이 주요 범죄 조직 앞으로 배송되고 있다고 합니다. 그런데 발신인도 없고 주문한 적도 없는 물건이라고 합니다."

"그러니까 누군가 우리를 엿 먹이기 위해 고의적으로 중국에 펜타닐을 뿌리고 있다는 거야?"

"그럴 가능성이 높습니다. 범죄 조직이라면 그걸 공짜로 뿌리고 다니지는 않을 테니까요."

그 말에 샹량핑은 심장이 덜컥 내려앉았다.

중국은 마약에 취약한 나라다.

극단적 빈익빈 부익부.

인민을 갈아 넣어서 성장한 방식.

그리고 힘으로 인민을 찍어 누르는 전략.

이 때문에 한번 마약에 빠지면 중국은 헤어나기 힘들다.

그런데 그런 중국에 무차별적으로 다시 한번 마약이 퍼진다?

'누구지? 미국? 아니야. 미국은 경제제재를 한다고 설레발
은 칠지언정 이런 짓거리는 안 해. 유럽? 그 병신들이 뭘 어
쩌겠어? 한국? 한국은 우리한테 찍소리도 못 하는데. 일본?
일본은 애초에 그다지 펜타닐 시장이 크지도 않은데?'

적이 누군지 모르는 상황에 샹량핑은 정신이 아득해졌다.

마약을 통한 상대방의 무력화 전략.

이 계획을 들었을 때만 해도 좋은 생각이라 판단했다.

자신들이 그렇게 당해서 청나라가 멸망해 버렸으니까.

더군다나 자신들이 직접 하는 것도 아니고 범죄자들을 통
해서 하는 거니 자신들은 어떤 책임도 없다고 딱 잡아뗄 수
있었다.

그런데 이게 무슨 상황이란 말인가?

"그리고 유엔에서 새로운 안건이 올라왔습니다."

"새로운 안건?"

"네. 지금까지 마약을 압수한 국가에서 해당 마약을 소각
처리하는 게 일반적이었는데, 새로운 규칙에 따라 마약을 제
조한 국가에서 그걸 처리하는 국제법을 만들자고 합니다."

"뭔 소리야, 그게? 마약을 거기서 소각할 거라면 도대체
왜 만드는데?"

"정확하게는 다른 나라에서 압류된 마약을 제조한 국가로

모두 반환하는 겁니다."

"마약을 반환한다고?"

그게 의미하는 바가 뭔지 모르는 샹량핑은 어리둥절할 수밖에 없었다.

"네. 이미 미국에서는 발견된 마약을 모두 생산된 나라로 반송하고 있답니다."

"뭔 개짓거리를 하는 거지?"

가지고 있는 마약을 모조리 소각시켜도 될까 말까 한 상황에 반환한다는 건 이해가 안 가는 행동이었다.

"펜타닐을 우리 쪽으로 돌려보내는 것이 그런 행동의 연장이다 이건가?"

"일단 공식적으로는 반송으로 되어 있습니다만, 아무래도 그런 전략의 일환이겠지요."

"끄응."

그 말에 샹량핑은 머리가 아파 왔다.

좋은 전략이라 생각해서 은밀하게 작전을 시행했다. 그리고 실제로 얼마 전에 펜타닐이 미국 10~20대 사망 원인 1위라는 말에 만세까지 불렀다.

이런 식으로 미국인의 씨를 말리고 그 자리를 중국인으로 채우면 언젠가 미국을 집어삼키고 지배할 수 있을 거라 생각했으니까.

그런데 설마 펜타닐 반송이라는 황당한 전략을 들고나올

줄이야.

"일단 우리 측에서는 발송 주소가 있고 발송 기록이 있기 때문에 그걸 거부할 권한이 없습니다."

그걸 거부한다는 것 자체가 미국에 마약은 중국에서 뿌렸다는 확실한 증거를 제공하는 꼴밖에 안 된다.

"어쩔 수 없지. 일단 돌아오는 펜타닐은 모조리 회수해."

"그게 가능할지……."

"필요하면 모든 국제우편을 다 뒤져서라도 확인해 봐."

"하지만……."

"거부인가?"

"아…… 아닙니다."

그 말에 부하는 아무런 말도 못 했다.

'그랬다가는 얼마나 많은 도둑질이 벌어질지…….'

모든 국제우편을 뜯어서 확인한다?

그게 불가능한 건 아니다. 여기는 공산국가고, 당에서 하라면 해야 하니까.

하지만 그 과정에서 뜯긴 내용물을 본 사람들이 욕심을 안 낼까?

그럴 리가 없다. 아마 대부분의 물건들은 사라질 거다.

사실 막는 방법 자체는 간단하다. 펜타닐을 안 보내면 된다.

하지만 샹량펑은 그럴 생각이 없어 보였다.

이미 실적을 두 눈으로 봤고 중국에 넘치는 노동자들이 조금 죽는다고 해서 신경 쓸 필요는 없으니까.

'왠지 불안한데.'

하지만 중국에는 샹량핑을 막을 수 있는 사람이 아무도 없었다.

"미국에서 감사 인사를 건네 왔습니다. 의외로 효과가 있어서 일이 벌어졌다고 하더군요."

로버트는 노형진에게 미소를 지으며 말했다.

"중국에서요? 그럴 리가 없는데? 중국이 그걸 마구 뿌릴 리가 없는데?"

"아니, 중국이 아니라 콜롬비아에서 일이 터졌다고 합니다."

"콜롬비아요?"

"네. 콜롬비아에서 마약을 두고 사실상 두 대형 조직 간에 전투가 벌어져서 사망자가 삼백 명이나 나왔다고 하더군요."

"허미."

삼백 명이 죽을 정도면 절대 작은 싸움이 아니다.

더군다나 군대도 아니고 마약 조직이다.

그런데 심지어 이제 시작인 시점에서 사망자가 삼백 명이라니.

"예상대로라고 하더군요."

콜롬비아에서 넘어온 마약을 알아서 처분하라고 콜롬비아 정부에 강제로 떠넘기자, 콜롬비아를 지배하고 있던 갱단이 막대한 뇌물을 주고 해당 마약을 가지고 가서 다시 팔아먹으려고 했다고 한다.

그리고 그 사실을 알게 된 다른 마약 조직 역시 그 마약에 욕심을 내면서 두 집단이 대대적으로 충돌했다고 한다.

그도 그럴 게 그 마약의 양이 조직에서 몇 년간 유통할 수 있는 양이다 보니 그걸 팔아먹으면 상대방 조직을 찍어 누르는 건 일도 아니었으니까.

결과적으로 두 집단이 마약이 보관되어 있는 경찰서 주변에서 총격전을 벌이고, 경찰은 도주하고, 그 과정에서 갱단이 삼백 명이나 죽고 승리한 쪽에서 경찰서를 약탈, 해당 마약을 가지고 도주했다고 한다.

"패배한 쪽은 그 보복으로 해당 조직의 마약 공장 몇 곳을 습격해서 두 집단이 돌이킬 수 없는 전쟁으로 빠져들었다고 하더군요."

"다행이네요."

법을 다루는 사람에게 마약은 아주 골치 아픈 놈들이다. 남의 인생을 돈으로 바꿔서 빼앗아 가는 게 현실이다 보니.

'아무리 중간에 막으려고 한들 그게 막히겠어?'

하지만 아예 생산지를 초토화하면 마약도 나오기 힘들다.

물론 마약을 제조하는 마약 유통 국가는 자기 나라가 개판 나는 걸 막기 위해서라도 그걸 막아야 한다.

아니면 진짜 소말리아처럼 나라가 결딴날 판국이 될 거다.

"중국은 아직 반응 없죠?"

"네. 뭐, 모든 반송 수화물을 전수조사한다고 하는데."

"웃기네요."

그러면 그 양이 엄청나게 많은 건 둘째 치고 내부의 물건을 훔쳐 가는 일이 한두 번이 아니게 될 거다.

"뭐, 중요한 건 그게 아니죠."

"어찌 되었건 덕분에 펜타닐의 미국 유통을 어느 정도 컨트롤하고 중국의 범죄를 막을 수 있게 되긴 했습니다만, 이게 상하이방과 무슨 관계가 있는지 모르겠습니다."

노형진은 중국의 현 상황을 유지하면서 동시에 내부를 흔들어야 한다는 의뢰를 받았다.

"뭐, 이제 슬슬 넘어갈 작전입니다만. 아마도 펜타닐이 중국의 주요 정치인에게 발송되기 시작할 겁니다."

"중국의 주요 정치인요?"

"네."

노형진은 고개를 끄덕거렸다.

"중국의 주요 정치인들, 특히 상하이에 위치한 사람들 위주로 발송이 시작될 겁니다. 어쩌면 이미 발송되어서 도착했을 수도 있지요."

이것이법이다

"하지만 그런 이야기는 듣지 못했는데."

노형진은 그 말에 씩 하고 웃었다.

그 미소의 뜻을 알아차린 로버트는 소름이 쫙 돋았다.

"설마…… 중국에서 마약을 뿌리는 대상으로 중국의 주요 당직자들을 고르신 겁니까?"

"제가 고른 건 아니죠. 저는 조언만 해 준 겁니다, 조언만."

물론 그 조언을 충실하게 받아들인 건 다름 아닌 CIA겠지만.

"아시겠지만 중국에서 당직자들의 힘은 하늘을 찌르죠."

그리고 그들은 돈을 벌기 위해 무슨 짓이든 할 사람들이다.

그들은 뇌물을 받고 갈취를 하고 범죄를 은닉해 준다.

그런 놈들이, 구하기 힘든 마약이 수백 킬로그램 단위로 공급되었을 때 과연 어떻게 할 것인가?

"아마도 팔아먹을 생각을 하겠지요."

미국도 바보는 아니다.

중국은 미국의 주요 감시 대상이고 어떤 놈이 부패했는지, 어떤 놈들이 그나마 멀쩡한지 알고 있다.

"그리고 부패한 놈들 위주로 조금씩 마약 공급량을 늘려 갈 겁니다."

그놈들이 그걸 신고하지는 않을 거다.

중국은 마약을 아주 혐오한다. 신고했다가는 마약과 접했다는 것만으로도 자세한 조사가 이루어질 테니 그 과정에서 그들의 부패에 대해서도 조사가 이루어질 거다.

"그걸 아는 놈들이 그걸 가만둘 리가 없죠."

당연히 자신의 힘으로 무마하거나 사건을 묻어 버릴 거다.

그나마 그걸 팔아먹지나 않으면 다행이고, 팔아먹기 시작하면 중국은 대혼란이 올 거다.

중국에서 미국으로 펜타닐을 많이 보낼수록 더 많은 펜타닐이 그들에게 갈 테고, 미국을 갉아먹는 만큼 중국도 갉아먹기 시작할 테니까.

"그리고 그걸 이용해서 협박할 수도 있을 겁니다."

"상하이방 말씀이군요."

"네."

그들이 몰래 버렸다고 말한다고 해도 그걸 믿을 수는 없다.

보낸 입장에서는 기록이 있으니 그걸 어디서 썼는지 공개할 필요가 없다.

이쪽에서 보냈는데 그게 사라졌다고 언론에 공개하는 것만으로도 그들의 목이 날아갈 거다.

"누차 말하지만 상하이방도 결국은 부패한 공산 권력자들입니다."

다만 미국에 좀 더 우호적일 뿐이다.

"그리고 이 문제가 깊어질수록 중국의 혼란은 심해지겠지요."

마약이 퍼지고 상하이방이 재기하기 시작할 거다.

"하지만 샹량핑이 가만둘까요?"

"그러진 않겠지요. 하지만 쉽지 않을 겁니다."

이미 약점이 잡힌 샹량핑 파벌의 놈들이 과연 상하이방을 죽이자고 설칠까?

그럴 리가 없다. 그들은 자기들이 살아남기 위해 상하이방을 보호하고 위로 올려 주려고 할 것이다.

"아마 중국의 혼란이 점점 더 커질 겁니다, 후후후."

물론 상하이방이 전면에 나선다면 외부에 적대적인 분위기가 줄어들 건 사실이기는 하지만, 사실 샹량핑 아래에서 그런 분위기를 바꾸는 건 불가능하다.

결국 미국이 원하는 대로 잠깐 시간을 끄는 정도.

그리고 그 정도 시간이면 기업들 대부분은 빠져나가고도 남는다.

"중국의 미래가 어찌 될지 궁금해지네요, 후후후."

사과를 받는 법

노형진은 오늘도 바쁜 하루를 보내고 있었다.

코델09바이러스 이후에 일이 줄었을까?

절대 아니다. 도리어 소송은 더 많아졌다.

살기는 팍팍해졌고 사람들의 심적인 여유가 없어졌으니까.

당연히 사람들은 조금만 자기를 건들면 화를 버럭 내서, 도리어 소송이 늘었으면 늘었지 줄지는 않았다.

"내가 뭔 부귀영화를 누리겠다고 이러고 있나. 아니다. 부귀영화는 누리고 있구나."

노형진이 이렇게 말할 정도로 일이 많았고, 새론이 유명해질수록 사람들은 더더욱 많아졌다.

"진짜 늙었나 보다."

턱도 없는 소리를 중얼거리던 노형진은 외부 사람을 만나는 접견실 중 한 곳을 지나가게 되었다.

"제발 부탁드립니다. 제 딸아이가 잘못했으니까……."

"이해는 해요. 의뢰인께서도 일단 진지하게 고민 중이시고요."

"응?"

노형진은 귀로 들어오는 김승연 변호사의 목소리에 멈칫했다.

"아마 별일 없이 합의가 이루어질 거예요."

"감사합니다, 변호사님. 감사합니다."

열린 문틈으로 한 남자가 김승연 변호사에게 고개를 숙이는 게 보였다.

그 모습을 보고 멈칫한 노형진은 그대로 뒤로 돌아가서 남자를 보았다.

"무슨 일입니까?"

"아, 노 변호사님. 합의 중이었어요."

"합의요? 무슨 합의요? 이분이 당사자이신가요?"

"네? 아니요. 따님이신데, 대신 합의하러 오셨어요."

노형진은 그 말에 멍하니 있다가 어이가 없다는 듯 되물었다.

"당사자가 아닌데 오셨다고요?"

"따님이 아직 미성년자거든요. 그래서 지금 합의하러 왔는데……."

"따님은 미성년자라서 아버님이 오셨다?"

"네."

노형진은 그 말에 힐끔 아버지라는 남자를 보았다.

오래된 잠바. 나름 정리한다고 했지만 이제는 감출 수 없을 정도로 늘어난 하얀 머리.

그의 손을 보니 기름때가 낀 거친 손마디가 보인다.

아마도 공장에서 일하는 그런 사람이리라.

그걸 보고 노형진은 아차 싶었다.

"아…… 음, 김승연 변호사님, 잠깐…… 저 좀…….."

자신의 실수를 깨닫고 아차 싶었던 노형진은 김승연을 데리고 밖으로 나왔다.

"미안한데 지금 합의하러 온 거 맞죠?"

"네."

"의뢰인은 합의해 주겠다고 하세요?"

"네. 뭐, 애도 어리고 그러니까…….."

"아, 씁…… 환장하겠네."

김승연은 그 말에 깜짝 놀랐다.

혹시나 자신이 실수한 것인가, 그녀는 진지하게 고민했다.

하지만 아무리 생각해도 실수는 없었다.

애초에 의뢰인은 가능하면 그냥 합의하는 선에서 끝내고

싶다고 이야기했고, 노형진은 이 사건에 대해 아는 바가 전혀 없을 테니까.

"미안합니다. 김승연 변호사님한테 한 말이 아니에요. 저스스로한테 한 말입니다."

"무슨 말씀이세요?"

"제가 큰 실수를 한 것 같거든요."

"큰 실수요?"

"네. 어, 일단 들어가서 정리는 하고 오세요. 그리고 합의는 당장 하지는 마시고."

"네."

"그리고 사건이 끝난 후에 저 잠깐 뵙죠. 아, 사건 번호 뭡니까? 사건 내용 좀 보고 싶은데."

노형진은 아차 싶어서 물었고, 김승연이 아버지와 이야기를 마치고 돌아오는 동안 사건 기록을 찾아서 확인했다.

"그러니까 권보연과 박연경 사건이라고 했지."

노형진은 해당 기록을 확인하고는 혀를 끌끌 찼다.

"흠, 확실히 소송까지 가지는 않을 사건이기는 하네."

권보연은 가해자로, 아까 그 남자의 딸이었다.

그녀는 박연경이라는 여자와 심하게 부딪쳤다.

박연경은 권보연이 다니는 여고에 교생으로 온 여자였는데, 학교에서 일종의 일진 또는 여왕벌로서 행동하던 권보연의 행동을 나무란 것이다.

그리고 권보연은 고작 교생 따위가 자신을 나무랐다는 것에 원한을 가지고는 이를 드러낸 것.

"방식도 참, 더럽네."

하지만 어찌 되었건 상대방이 교생이라고 해도 결국은 선생의 직위에 있는 사람이기에 학생인 권보연이 직접 공격할 수는 없는 노릇.

"뭐, 여자들은 비공격적인 방식을 선호하기는 하지."

남자들은 화나면 서로 직접적으로 주먹질을 하는 데 반해 여자들은 비공격적 방식, 그러니까 주변의 평판을 깎아내리는 방식을 선호한다.

그리고 권보연이 딱 그랬다.

그녀는 자신을 훈계한 박연경에 대해 온갖 음해를 하기 시작했다.

대놓고 어느 학교에 교생으로 나가 있는 누가 낙태를 세 번이나 한 걸레라고 인터넷에 글을 올리거나, 박연경의 전화번호를 인터넷에 올리면서 음담패설을 좋아하니까 전화해서 음담패설 좀 해 달라고 써 두거나, 심지어 박연경을 몰래 따라가서 그녀의 집 주소를 알아낸 다음 박연경이 강간당하는 걸 즐기니까 와서 강간 좀 해 달라고 인터넷에 쓴 것이다.

그래서 실제로 이상한 놈들이 아파트로 몰려들기도 했다.

만일 그곳이 보안이 철저한 신형 아파트가 아니었다면 진짜 무슨 일이라도 벌어졌을 것이다.

당연히 이 모든 걸 이상하게 생각한 박연경은 경찰에 수사를 의뢰했고, 그걸 인터넷에 올린 게 권보연이라는 걸 특정하는 건 어려운 일이 아니었다.

　그리고 박연경 측에 서서 사건을 담당하게 된 것이 새론이었는데, 박연경은 선생님을 꿈꾸던 사람이고 그래도 권보연이 한때 제자였던 사람이니 적당히 합의하라고 한 것이다.

　"이런, 이런. 이걸 내가 왜 안 알려 줬지?"

　때마침 문을 두들기는 소리에 노형진은 크게 말했다.

　"들어오세요."

　그러자 문이 조심스레 열리며 누군가가 모습을 드러냈다. 김승연이었다.

　"노 변호사님, 제가 무슨 실수를 한 건가요?"

　걱정스러운 듯 묻는 그녀에게 노형진은 고개를 흔들었다.

　"음…… 제 실수입니다. 혹시 김 변호사님은 합의할 때 대개 부모님이랑 합니까?"

　"아까 사건요?"

　"미성년자 사건들 아니면 가해자들의 나이가 어린 경우에 말입니다."

　"어…… 아, 그렇지요."

　"다른 사람들은요?"

　"네?"

　"다른 변호사들 말입니다. 부모님이랑 많이 합의하시나요?"

"보통 그렇지요. 미성년자의 법정대리인이잖아요."

"하아~."

노형진은 그 말에 머리를 북북 긁었다.

"사과받는 법을 미리 알려 드렸어야 했는데. 역시 그렇군요."

"사과받는 법요?"

노형진의 말에 김승연은 고개를 갸웃했다.

사과하는 법이라는 말은 몇 번 들어 봤다.

변명하지 마라, 말 돌리지 마라, '본의 아니게'라고 하지도 말아라 등등 사과문이 아니라 '4과문'을 쓰지 않는 법은 변호사들에게 상식 중의 상식이다.

애초에 그런 사과문들은 변호사들이 써 주는 경우가 많으니까.

그런데 사과받는 법이라니?

"그런 건 처음 들어 보는데요."

"그러니까 제가 실수했다는 겁니다. 사과하는 사건만큼이나 사과받는 것도 중요한데 그걸 알려 드리지 않았네요."

"아니, 사과받는 법도 배워야 합니까?"

"다른 사람이라면 몰라도 변호사는 배워야 합니다. 우리는 의뢰인을 위해 일하는 사람이지 않습니까?"

"의뢰인께서도 합의하라고 하셨는데요."

"그러니 더더욱 배워야지요. 의뢰인이 잘 모르니까. 아무래도 이건 김승연 변호사님뿐만 아니라 우리 로펌 전부에 따로 교육해야 할 것 같네요."

노형진은 자신의 실수를 솔직히 인정하며 말했다.

⚖️

"사과받는 법을 교육하겠다고?"

"네. 이번에 김승연 변호사가 담당하는 사건을 기반으로 하나의 사례를 만들어서 교육할까 합니다."

"사과받는 법이라니. 나는 이해가 안 가는걸."

김성식 변호사는 고개를 갸웃하면서 물었다.

그도 그럴 게 그도 이제 변호사로서의 경력이 오래되었지만 사과받는 법이라는 건 들어 본 적도 없으니까.

"대표님이야 아무래도 대형 사건 위주로 담당하시다 보니 그렇지요. 보통 이런 건 미성년자나 청년기에 다다른 사람들 위주로 벌어지거든요."

"그런가? 그런데 왜 사과받는 법에 대한 교육이 필요하다는 건가?"

김성식은 진지하게 물었고 옆에 있던 김승연도 다시 한번 물었다.

"사과받는 게 끝인 거 아닌가요?"

"일단 사건이 우리 쪽에 넘어오는 이유를 아셔야 합니다."

"그거야 당연히 처벌을 원해서 아닌가?"

"맞습니다."

고발 자체는 변호사가 할 게 그다지 없다. 고발한 후에는 그냥 멍하니 기다려야 하니까.

그래서 고발 사건이 변호사에게 오는 경우는 명확하게 하나뿐이다. 상대방에 대한 확고한 처벌 의사.

"그런데 그런 경우에 말입니다, 중간에 피해자가 손실을 감수하고 합의해 주겠다는 의미에는 기본적으로 사과가 포함되어 있는 겁니다."

물론 변호사비 정도야 상대방이 내겠지만 합의라는 것은 결국 피해자도 어느 정도 양보해 준다는 걸 의미한다.

그도 그럴 게 합의 없이 간다는 것은 결과적으로 상대방의 인생에 전과를 남기겠다는 걸 의미하며, 그런 경우 피해가 큰 건 상대방이기 때문이다.

피해자 입장에서는 어차피 끝까지 가도 민사소송까지 가서 손해배상을 받아 내면 그만이기 때문에 합의라는 건 결국 피해자가 어느 정도 양보해 줘야 가능한 거다.

"그렇지? 그런데 그게 이상한 건가?"

"그게 이상한 게 아니라 정작 변호사가 피해자, 아니지, 의뢰인이 요구한 걸 못 해냈다는 게 문제인 겁니다."

"이해가 안 가네만."

"피해자가 합의할 때 상대방을 선처하는 이유가 뭡니까? 특히 미성년자 사건에서요."

"어, 그거야…… 보통은…… 음…….."

잠깐 고민하던 김승연이 조심스럽게 말했다.

"측은지심 아닌가요?"

"맞습니다. 상대방이 불쌍해 보이니까요."

아이니까, 어리니까 불쌍한 것도 있다. 하지만 다른 건 바로 부모다.

"김 변호사님, 아까 그 아버지 보고 무슨 느낌이 드시던가요?"

"아…… 안타까웠지요. 보니까 힘들게 사시는 분인데 여기 와서 고생하시나 싶기도 하고. 집에 계신 아버지도 생각나고요."

권보연의 집도 딱히 잘사는 집은 아니었다. 딸을 공부시키기 위해 아버지가 얼마나 노력을 했는지는 그 혜택을 입은 권보연이 누구보다 잘 알 거다.

"맞습니다. 그런 마음이 들지요. 그리고 그런 분들에게 측은지심을 가지고 합의했을 때 과연 제대로 사과가 이루어졌다고 생각하시나요?"

"네?"

"제가 아까 지나가다가 잠깐 들어갔던 건, 거기에 사건 당사자가 아니라 아버지가 있었기 때문입니다."

당사자가 와서 합의했다면 문제 될 게 없다.

하지만 거기에는 사과해야 할 당사자는 없었다. 오로지 사과하러 온 아버지만 있었다.

그리고 그 말은, 당사자는 사과할 생각이 없다는 걸 의미한다.

"합의의 조건은 당사자, 즉 가해자의 사과입니다. 그런데 그 사과가 없다면 무슨 의미가 있죠?"

"아······."

그제야 김승연은 아차 싶었다.

그녀는 아버지가 법정대리인이니까 당연히 합의 권한이 있다고 생각해서 합의를 진행한 거지만, 정작 그 합의의 필수 조건인 가해자의 사과는 생각도 못 했다.

"흠, 그러고 보니 그렇군."

김성식도 뭔가 알 것 같다는 듯 말했다.

"보통 이런 사건에서는 부모들이 나서서 아이를 보호하지?"

"보통은 그렇지요."

"그리고 그 과정에서 가해자는 완전히 배제되는군."

분명 변호사로서 의뢰를 받을 때는 가해자에게 사과받는 게 조건일 거다.

이 세상에 가해자의 사과도 없이 합의하는 사람은 단 한 명도 없다.

"그런데 우리는 가해자를 완전히 배제하고 합의한다는 거군요."

"맞습니다. 그리고 다른 문제도 있죠."

"다른 문제?"

"네. 애초에 고소를 한 사람이 상대방의 인생을 걱정한다는 것은 그만큼 배려해 주는 겁니다."

전과자가 될 것 같으니까 그냥 합의해 주고 용서해 주자.

그 안에는 미성년자인 가해자가 이번 사건에서 교훈을 얻어 다시는 이런 짓을 하지 않겠지라는 기대감이 들어 있다.

"세상에 누가 저놈은 성장하면 범죄자가 될 놈이라는 걸 알면서 합의해 주겠습니까?"

"끄응…… 그건 그렇지."

상대방이 잘못을 뉘우치고 올바른 사람이 되기를 원하는 성인으로서의 배려.

이게 이런 미성년자 사건 합의의 기대라고 할 수 있다.

"그런데 솔직히 말해서 말입니다. 권보연이라는 이 여자애, 과연 그럴까요? 아무래도 그럴 것 같지 않습니다만?"

권보연이 선택한 방식은 상당히 극단적이고 표독스럽다.

작심하고 집까지 따라가서 주소까지 알아내어 뿌렸으니, 만일 박연경이 사는 곳이 보안이 잘된 아파트가 아니었다면 실제로 강간 사건이 벌어졌을지도 모른다.

더군다나 전화번호까지 공개해 피해자에게 수많은 음담패설 전화가 쏟아지게 했다.

"상당히 계획적인 범죄자 타입입니다. 이런 애가 지금 반성할 거라 생각합니까?"

더군다나 사건 기록에 따르면 권보연은 학교 내에서도 일진으로 활동하고 있다고 한다.

즉, 범죄에 대해 상당히 무딘 감성을 가지고 있다는 거다.

"어리다고 보호하는 게 의미가 없다 이건가요?"

"그게 아니라, 애초에 이런 범죄자 타입들이 나중에 큰 범죄를 저지른다 이겁니다. 바늘 도둑이 소도둑이 되는 과정을 아시지 않습니까?"

"하긴, 그건 그래."

바늘 도둑이 소도둑이 되는 우화에서, 아이가 바늘을 훔쳐 오자 어미가 되는 자는 그걸 나무라는 게 아니라 아이를 보호한답시고 칭찬을 한다.

그러자 아이는 점점 커 가면서 온갖 물건을 훔치다가 나중에는 소까지 훔친다.

그래서 감옥에 끌려가면서 그는 자신의 부모를 욕한다. 처음 자신이 바늘을 훔쳤을 때 나무랐다면 자신도 이렇게 크지 않았을 거라고.

"이 상황에서 부모가 법정대리인이라는 이유로 합의해 준다면 그 아이는 반성을 안 하겠죠. 도리어 부모를 핑계 삼아서 더더욱 나쁜 짓을 일삼을 겁니다."

그 말에 김성식은 턱을 문지르며 의자에 깊이 기대었다.

검사로서 오랜 경험을 한 김성식은 많은 범죄자들을 만나왔고, 실제로 이런 타입의 범죄자들이 어떤 식의 성장 과정을 거치는지 봐 왔다.

"일리가 있군."

집안의 불우한 환경 탓에 범죄의 길로 접어드는 이들도 많지만 멀쩡한 가정환경에서 범죄의 길로 들어가는 경우도 많다.

그런 애들은 보통 집안 환경의 문제라기보다는 가정교육의 문제가 대부분이다.

사실 타고나기를 범죄자로 타고난 애들이 아예 없는 건 아니지만 그건 극소수고, 대부분의 미성년 범죄자들은 결국 제대로 된 가정교육을 받지 못한 경우가 많다.

"그리고 요즘 같은 시대에는 가정교육이 상당히 힘들지."

가정교육은 아이의 미래를 결정하는 중요한 요소다. 하지만 어느 순간 한국에서는 가정교육을 할 여건이 되지 못했다.

경쟁과 돈만을 우선시하는 한국의 문화는 부모들을 모두 일터로 내몰았고, 부모들은 가정교육은 포기한 채 돈 벌기에 급급해졌다.

아이들은 방과 후에 학원을 다니고, 거기서는 학습은 할지언정 가정교육과 예절을 배우지는 않는다.

물론 그 상황에서도 잘 자라는 애들은 잘 자란다.

하지만 이미 비틀리기 시작한 애들은 어지간한 충격으로는 제자리로 돌아가지 않는다.

"이런 사건이 그런 충격이 될 수 있죠. 하지만 부모가 나서서 합의해 버리면 과연 그 충격이 전달될까요?"

"그건⋯⋯."

"이런 사건이 터지면 가해자의 집에서는 보통 두 가지 모습을 보입니다. 방치하든가 아니면 굽실거리든가."

아이를 방치하는 경우, 즉 아이를 포기한 경우는 아예 합의하러 오지도 않기 때문에 여기서는 패스.

"뭐, 가해자 쪽 아버지의 상황을 제가 잘 모르지만⋯⋯ 음, 아까 그 모습을 보면 딸을 끔찍하게 사랑해서 보호하려고 하실 것 같더군요."

"저도 그렇게 느꼈어요."

"그런데 그런 상황이라고 하면 엇나가는 딸이 감사함을 느낄까요, 아니면 만만하다고 생각할까요?"

"⋯⋯."

부모의 사랑은 절대적이고 무한하다. 아이들은 그걸 당연하게 생각하는 성향이 강하다.

대부분의 사람들은 어른이 되고 나서야 부모님의 사랑이 얼마나 소중한지 알게 된다.

"그렇군. 반성이나 뉘우침 없는 합의가 되어 버리는 거군."

"이게 변호사로서 제대로 된 합의라고 할 수 있겠습니까? 의뢰인의 목적은 완벽하게 실패했는데."

노형진의 말에 김승연이 쓰게 웃으며 말했다.

"그래서 노 변호사님이 사과받는 방법도 배워야 한다고 하신 거군요."

"네, 맞습니다."

대부분의 변호사들은 그냥 법정대리인인 부모가 오면 대충 반성문과 돈을 받고 의뢰인에게는 '합의했습니다.'라고 연락하고 끝낸다.

그 과정에서 정작 아이들이 반성하고 제대로 된 아이로 돌아갈 리가 없다.

"물론 실수로 뭔가를 저지른 아이들이라면 이 정도 충격만으로도 충분할 겁니다."

실수로 뭔가를 부숴 먹었다거나 순간 욱해서 친구와 싸운 정도라면 이 정도 일도 그런 아이들에게는 큰 충격이고, 다음부터는 조심할 거다.

"하긴, 이 사건 기록 보면 권보연이라고 했나? 실수는 아니군. 아주 계획적으로 상대방을 말려 죽이려고 한 거야."

"맞습니다. 일반적인 고등학교 1학년으로는 안 보이죠."

이런 아이가 과연 고소 한 번 당한 걸로 반성할까?

"아마 고소 건수가 한두 개가 아닐 겁니다. 그리고 대부분의 사건에서 부모님이 지금과 똑같이 행동했겠지요."

"으음……."

그 말에 김성식도 이해가 간다는 듯 고개를 끄덕거렸다.

김승연은 부끄러움에 얼굴이 붉어졌다. 이런 비화가 있을 거라고는 생각도 못 했으니까.

'이런 게 통찰력이라는 건가? 난 아직도 멀었구나.'

단순히 자신이 합의하는 장면만 보고 그 모든 걸 읽어 내는 노형진의 모습에 김승연은 왠지 부러움을 느꼈다.

이제 초임 변호사일 뿐인 그녀에게 이건 너무 부러운 능력이었다.

"그러면 자네는 어떻게 해야 된다고 생각하나?"

"아까도 말씀드렸지만 이번 사건을 이용해서 제대로 사례를 만들고 교육용으로 써야 한다고 생각합니다."

새론에서는 새로운 변호사가 들어오면 꼭 공부해야 하는 판례들이 있다. 노형진은 이번 사건을 그렇게 만들 생각인 것이다.

"좋은 생각이군. 좋아, 자네가 한번 해 보게. 그런데 자네도 알지? 이건 상대방의 파멸을 원하는 게 아니야. 의뢰인도 합의를 원하는 상황이고 아이의 미래가 망가지는 건 원하지 않아."

노형진은 싸움에 들어가면 철저하게 상대방을 파멸시키는 방식을 선호한다.

하지만 이번 사건은 그래서는 안 된다. 그러면 도리어 의뢰인의 의중에 반하는 거다.

"걱정하지 마세요. 이런 것도 제 전문이니까요."

노형진은 자신 있게 씩 웃었다.

⚖️

　일단 노형진은 권보연에 대해 조사하기로 했다.

　사과받을 가치가 있는 사람인지, 그리고 어느 정도로 삐뚤어졌는지 알아보기 위해서였다.

　"제대로 삐뚤어졌네요, 이거."

　그리고 얼마 지나지 않아 권보연이 다녔던 학교에서 모두 답변이 왔다.

　권보연은 심각한 문제아였다.

　학교에서 학교 폭력으로 세 번 고소당했고, 그 때문에 두 번 전학했으며 이번 학교에서도 이번 사건으로 퇴학 직전이라는 이야기가 나오고 있었다.

　자기들끼리 일을 저지른 것도 아니고 무려 선생님을 노린 계획범죄니까.

　"아니, 도대체 왜 이런 짓거리를 하는 거죠?"

　"모르죠. 문제는, 이런 아이는 일반적인 방식으로는 절대 안 바뀝니다."

　사랑으로 감싸 안아서 개과천선?

　물론 그런 사람들도 있을 수 있다. 하지만 그건 극히 일부다.

　사실 지금까지 벌어진 상황을 봐서는 부모가 사랑을 안 줬다고는 볼 수 없다.

도리어 주변의 말을 들어 보면 부친은 어떻게 해서든 아이를 사랑으로 키우려고 노력했다고 한다.

그런데도 이런다는 건 사랑으로 개과천선이 안 된다는 소리다.

"결국 그거네요. 만만한 거."

부모가 만만하고 세상이 만만한 거다.

아직은 학생이라는, 그리고 미성년자라는 방패가 있으니까 뭔 짓을 해도 처벌받지 않는다고 생각하는 거다.

"하긴, 요즘 그런 애들이 너무 많아지기는 했지요. 미성년자 보호법이 워낙 물러야지요."

사람을 패도, 강도질을 해도, 심지어 강간을 해도, 사람을 죽여도, 아이라는 이유로 제대로 처벌이 이루어지지 않는 미성년자 보호법의 특성을, 영악한 놈들은 이해하고 있는 거다.

"도대체 왜 그걸 바꾸지 않는지 모르겠어요."

김승연은 이해가 되지 않는다는 듯 고개를 절레절레 흔들었다.

"뭐겠습니까? 그놈의 표 때문이지."

"표요?"

"네. 그걸 고치기 위해서는 사회적인 동의가 이루어져야 합니다. 그런데 잘못하면 부모들에게 역풍을 맞을 수 있거든요."

"하지만 사회적인 여론이……."

"여론이라는 걸 너무 믿으면 안 됩니다. 전에도 말씀드렸지만 그건 상황에 따라 달라지는 거라서요."

미성년자가 4세 소녀를 납치해서 살해한 사건이 있었다.

그 당시 여론은 미성년자 보호법을 고쳐서 처벌을 강화해야 한다는 것이었다.

그러나 막상 경찰에서 학교 폭력을 저지른 아이를 강력하게 처벌하려고 할 때 돌아온 말은 아이한테 너무 가혹하다는 것이었다.

"말로만 분노하고 말로만 고치자고 하는 법이 어디 한두 개입니까? 그 법이 실패하거나 그 법으로 인해 자기들이 손해를 본다고 하면 사람들은 도리어 그 법을 만든 사람을 욕하죠."

더군다나 국민의 대부분은 부모가 된다. 그러다 보니 아이들에 대한 처벌을 강화하는 건 쉽게 처리할 수 있는 문제가 아니다.

"물론 하기는 해야 하지만요."

노형진은 턱을 문지르면서 말했다.

"일단 권보연은 확실히, 쉽게 반성할 가능성은 없는 아이군요."

"제가 봐도 그래요. 아니, 뭐 여자애가 이렇게 극단적인지 모르겠네요. 뭔가 이유가 있을까요?"

"글쎄요. 모르죠. 하지만 뭘 하든 그건 결국 변명일 뿐입니다."

"그러면 합의하시지 않을 건가요?"

"당연히 해야지요. 아무리 그래도 우리가 의뢰인의 의견을 무시할 수는 없으니까요."

변호사는 대리인이지 결정권자가 아니다. 대리인으로서 의뢰인의 결정을 무시하는 건 절대로 있을 수 없는 일.

"하지만 그 시기를 최대한 늦추는 걸로 하지요."

"음…… 그럴수록 권보연 부모님만 힘들어질 텐데요?"

"원래 몸에 좋은 약일수록 쓰다는 말이 있지 않습니까?"

장기적으로는 권보연이 제대로 된 인성을 가지게 되는 게 우선일 거다.

"하지만 어떻게 해야 할지……."

"아버지한테 연락은 해 보셨습니까?"

노형진은 자신이 무조건 맞다고 생각하는 멍청한 판사나 검사가 아니다.

현 상황에서 권보연이 반성하지 않고 있을 거라고 예상은 하고 있지만 그건 확실하지 않다.

만일 진심으로 반성해서 찾아온다면 굳이 자신이 나설 이유는 없다.

"어, 그게……."

살짝 곤혹스러운 얼굴이 된 김승연은 어색하게 웃었다.

"여쭤봤는데, 아무래도 힘들 것 같다네요."

"힘들 것 같다고요?"

노형진이 요구한 건 어려운 게 아니다.

직접 변호사 사무실에 와서 반성문을 쓰고 사과하는 것.

사실 이 정도면 당연히 해야 하는 수준의 사과다.

"네, 그…… 아버지 말로는 애가 너무 충격을 받아서 좀 힘들 것 같다고……."

"충격을 받아서라……. 웃기는군요. 대충 알겠네요."

아마도 아버지는 반성문을 쓰라고 했겠지만 세상이 만만한 권보연은 아버지에게 '엿 먹어.'를 시전했을 가능성이 크다.

하지만 아버지는 차마 그대로 전할 수가 없어서 정신적 충격 운운하면서 보호하려는 것일 터다.

"뭐, 그런 식이라면 어쩔 수 없네요. 압박을 가해야지."

"하지만 청소년 보호법으로 보호받는 아이한테 어떤 식으로 압박을 가하죠?"

처벌할 수도 없고, 그렇다고 놔둘 수도 없다.

"일단은 고립시키는 게 우선이라고 생각합니다."

"고립요?"

"폭력 조직에 있어서 세력화는 아주 중요한 요소입니다."

그건 일진도 마찬가지다.

이 세상에 혼자서 학교를 씹어 먹고 다니는 일진 같은 건 없다.

그들은 패거리의 힘으로 학교를 지배하고 그 이권을 뜯어먹는다.

"당연하게도 권보연도 그 힘을 가지고 있고요. 그러니 일단 거기서 고립시키는 게 우선입니다."

"흠…… 그러면 어디서부터 손을 대야 할까요?"

"일단 권보연이 어떻게 권력의 핵심에 들어갔는지부터 알아봐야 합니다. 전학했음에도 불구하고 일진으로서의 지위가 승계되는 건 보통 두 가지 경우죠."

하나는 힘으로 그 학교를 꺾고 일진으로 들어가는 거다.

하지만 그건 어디까지나 상상 속 이야기.

주먹으로 일진을 꺾고 일진이 된다? 그건 열혈 만화에나 나오는 이야기다.

"현대의 일진이 그렇게 만들어지지는 않으니까요."

일진이라는 건 이권 조직이다.

애들이 무슨 이권 조직을 만드냐고 할지도 모르지만, 아무리 일진이라 해도 그들이 이권을 목적으로 하는 폭력 조직이라는 건 부정할 수 없는 사실이다.

그런 놈들이 주먹싸움에서 졌다고 이권을 넘기고 일진으로 받아 준다? 그럴 리가 없다.

"하긴, 일진이 무서운 건 그들의 주먹이 아니라 그들이 패거리라는 것 때문이죠?"

"맞습니다."

일진이 학교 내에서 권력이 강한 건 패거리이기 때문이다.

학교 내에서 싸움 잘하는 사람을 찾는 건 쉽다. 어지간한 운동부 사람들도 싸움을 잘하니, 권투나 레슬링 같은 운동부가 있는 학교에서는 일진이 아무리 설레발쳐 봐야 못 이긴다.

"더군다나 여자들은 그런 주먹을 이용한 싸움을 잘하지도 못하고요. 그러니까 그건 패스죠. 두 번째 가능성은, 학교 내의 기존 일진이 좋게 봐줘서 이끌어 준 경우입니다."

그런 일진 세력의 경우는 폭력 조직과 규칙이 비슷하다.

애초에 일진은 대부분 폭력 조직을 선망하니까 당연하다면 당연한 거다.

당연히 기존 일진이 위에서 끌어당겨 주면 전학생이라고 해도 일진 세력권 안에 들어갈 수 있다.

하지만 막 전학을 와서 접점이 없는 권보연은 그 학교에서 누군가의 지원을 받는 게 불가능하다.

"그러면 가능한 게……."

방법이 없어 보였던 김승연은 이해가 가지 않는다는 듯 고개를 갸웃했다.

"세 번째 가능성, 일진 세력이 존재한다."

"네?"

"일진이라고 하면 보통 학교에서 주먹으로 건들거리고 다니는 놈들이죠."

"그렇죠?"

"그런 놈들이 과연 외부에서는 서로 안 만날까요?"

"아!"

"의외로 지역을 관리하는 일진 세력은 많습니다. 경찰에서도 알면서 모른 척하는 거지."

한 지역에 여러 개의 학교가 있는데, 그럼 그 모든 학교들의 일진 세력들이 서로 전쟁이라도 할까? 그럴 리가.

진짜 범죄 조직도 아니고, 어차피 일진의 세력은 학교 안에서 활동한다.

그래서 의외로 일진은 서로를 견제하거나 하지 않는다. 그럴 필요가 없으니까.

폭력 조직이야 자기 나와바리니 뭐니 하면서 영역 다툼을 하지만 일진은 그럴 이유가 없다.

"그래서 의외로 각 지역의 일진은 사이가 좋습니다."

"그걸 어떻게 아시는 거예요?"

"사건을 해결하다 알게 되었지요. 학교 폭력이 터졌을 때 학교의 대응책 아시죠?"

"일단 학교의 대응책이…… 무시하고 사건을 묻어 버리기, 그리고 피해자를 협박하고 위협하기, 마지막으로 피해자를 다른 학교로 보내 버리기 같은 거잖아요."

새론에 들어오면 무조건 배워야 하는 사건 중 하나가 바로 학교 폭력 사건이기에 김승연도 그 정도는 안다.

"네. 그러면 피해자들이 다른 학교로 쫓겨나서도 또 일진에게 괴롭힘당하고 보복당한다는 것도 아시죠?"

"그거야 들어는 봤죠……. 아!"

김승연은 그 말에 아차 싶었다.

왜 그걸 알면서도 깨닫지 못했을까?

분명 학교 폭력 사건을 해결하다 보면 겪게 되는 일이다.

학교에서 피해자를 괴롭혀서 사건을 묻기 위해 쫓아 보내는 경우도 많지만, 피해자가 지쳐서 다른 학교로 떠나는 경우도 종종 있다.

그런데 전학 후 새로운 학교에서도 일진의 표적이 되었다고 찾아온 피해자의 부모들이 한둘이 아니다.

물론 그런 경우 새론은 그 학교와 교장을 법원에서 피해자 가족들에게 무릎 꿇고 싹싹 빌 정도로 박살을 내 버리지만.

"이상하지 않나요? 다른 학교로 전학했음에서 불구하고 왜 또다시 피해자가 될까요?"

"그러네요."

"일진 가해자들을 옹호하는 놈들은 꼭 그렇게 말하더군요. 원래 당할 만한 애였다. 봐라, 저기 가서도 당하지 않느냐? 하지만 현실은 다르죠."

지금은 19세기가 아니라 21세기다. 핸드폰이 있고 전화가 되고 메신저가 되고 SNS가 넘쳐 난다.

과연 한 지역의 일진이 모일 방법이 없을까? 그럴 리가.

"보통 그런 경우는 일진 사건이 터지면 정보를 넘기는 거죠."

다른 학교에 있는 일진에게 자기네 학교에서 호구 하나 넘어가니까 조지라고 하는 게 일진의 방식이다.

"아시겠지만 그런 놈들은 반성이라는 걸 하지 않거든요."

반성은 처절한 처벌을 겪은 이후에 하는 거다. 그런데 적당히 징계하는 게 일진에게 과연 어떤 효과가 있을까?

정학? 애초에 학교에도 가지 않으려고 하는 놈들이 일진이다.

퇴학? 어차피 막 나가는 게 일진이다.

결국 정학도 퇴학도, 무서울 리가 없다.

"하긴, 그건 그래요."

김승연도 생각난 듯 고개를 끄덕거렸다.

그녀가 일진 사건을 담당했을 때 그 일진은 반성이 아니라 자기를 꼰질렀다고 도리어 밖에서 습격했었다.

"한 지역의 일진이 손잡고 그 짓거리를 하는데도 경찰은 아직도 그걸 모른 척하고 있고요."

노형진은 머리를 긁적거렸다.

"사실 이건 폭력 조직 구성죄가 맞는데 말이죠."

하지만 경찰은 학생이라는 이유로 그냥 시선을 돌리고 모른 척하고 있다.

"일단 어떻게 새로운 일진 세력에 금방 들어갔는지는 알겠어요. 그런데 그걸 어떻게 격리시켜요?"

"뭐, 간단한 거죠."

노형진은 어깨를 으쓱했다.

"어른의 무서움을 보여 주면 됩니다. 후후후."

세상의 무서움

"아이 핸드폰을 정지시키라고요?"

"네. 정확하게는 모든 계정을 정지시킬 것을 요구합니다."

"아니, 그건 좀……."

권보연의 아버지인 권수락은 당황스러운 요구에 곤란하다는 표정이 되었다.

"우리 애도 인권이 있고 인격이 있는데……."

'아직도 이 지랄 하는 사람들이 있다니까.'

분명 아이에게도 인권과 인격이 있기는 하다.

하지만 스스로 자신을 컨트롤하지 못하면 대신 관리해 줘야 하는 게 바로 부모다. 그런데 제대로 하지도 못하면서 저런다.

'꼭 이상주의자들이 저러지.'

그걸 아니까 일진이 부모와 세상을 만만하게 보는 거다.

"만일 거부하시면 저희는 따님의 인생을 확실하게 박살 내는 수밖에 없습니다."

"바…… 박살 낸다고요?"

"폭력 범죄 구성에 관한 법률이라고 아시죠? 엄밀하게 말하면 학교 폭력도 그 안에 들어갑니다."

다만 청소년 보호법에 따라 처벌이 약해지기는 할 거다.

"솔직히 말해서 지금 합의하시면 한 4호 처분? 그 정도에서 끝날 겁니다. 하지만 저희가 폭력 범죄 구성에 관한 법률……아니, 좀 어렵군요. 그러니까 조직 폭력 혐의로 고발하면 못해도 10호 처분은 나올 겁니다."

10호 처분. 그러니까 소년원행이다.

"거기다가 저희가 고발하지 않을 뿐이지 강간 사주도 있지요."

"가…… 강간 사주요?"

"네. 지금 사건이 만만해 보이십니까?"

아무리 장난이라지만 인터넷에 자기가 강간 성애자라고 강간해 달라며 허위로 글을 올리는 행위는 강간 사주에 들어간다.

"그리고 그건 단순히 저희 의뢰인인 박연경 씨에게만 해당되는 건도 아니고요."

"네? 그게 아니라니요?"

"그걸 실제로 실행하려던 사람들이 있지 않습니까?"

실제로 그 주소를 보고 찾아온 미친놈들이 있었고 경비원의 제지를 받은 놈도 있었다.

"저희 입장에서는 일을 키우려고 한다면 끝도 없이 키울 수 있습니다. 사과를 거부한다면 권보연 양의 인생을 나락으로 떨어트리는 건 일도 아니죠."

그 말에 권수락의 눈동자가 격하게 흔들리기 시작했다.

"심리적 충격으로 사과하러 못 온다고요? 그런 얄팍한 거짓말을 저희가 믿을 것 같습니까?"

사과를 거부하는 대부분의 사람들은 이따위 말로 상대방을 속이려고 한다.

"우리는 그걸 가스라이팅이라고 부르지요."

사과는 하기 싫은데, 그렇다고 가만히 있자니 자기가 불리할 것 같을 때 가해자들이 꺼내는 카드가 바로 '나도 정신적 충격을 받아서 힘들다.'라는 말이다.

술에 취해서 사람을 음주 운전으로 밀어 버린 여자도 그랬고, 사기로 일가족을 자살로 몰고 간 사기꾼도 그랬으며, 갑질로 사람을 자살하게 만든 아파트 대표도 그랬다.

마치 자기들만 피해자인 것처럼, 자기들이 억울하게 당하고 있는 것처럼 피해자 운운하면서 철저하게 상대방을 무시한다.

"하지만 제 딸은 진짜로……."

"그래서요?"

노형진은 피식하고 비웃음을 날렸다.

일반적으로는 상대방에게 이런 행동을 잘 하지 않는다.

'하지만 이번 사건은 아니지.'

상대방을 박살 내는 게 아니라 상대방을 선처해야 한다는 까다로운 조건.

그 조건을 이룩하기 위해서는 상대방이 코너에 몰렸다고 착각하게 만들어야 한다.

용서하려고 할 때 지켜야 할 철칙 중 하나가 합의가 이루어지는 순간까지 용서하려는 생각을 드러내지 말라는 거다.

이쪽에서 합의하고 용서하려고 하는 순간 저쪽이 갑이 되고 이쪽이 을이 되기 때문이다.

가해자들은 자신들이 당연히 용서받을 수 있다고 생각하기에 상대방을 비웃고 무시한다.

'실제로 미국에서 그런 사건이 있었지.'

미국에서도 어떤 청소년들이 아이를 살해한 사건이 있었다.

피해자의 가족은 그 아이들의 미래를 위해 합의하고 용서해 주겠다고 판사에게 말하며 합의서를 제출했다.

그러자 그 소식을 들은 가해자들은 그들을 비웃고 조롱하면서 반성하지 않았다.

어차피 합의서가 들어갔으니 자기들은 풀려나서 집으로 돌아갈 거라 생각했기 때문이다.

　'그리고 판사는 조까를 시전했지.'

　그 모습을 본 판사는 반성이 전제되지 않은 용서는 의미가 없다며 합의서를 무시하고 최고 형량을 선고했다.

　그런데 이런 일은 생각보다 많다.

　한국은 피해자에게 용서를 강요하는 문화가 강하다.

　그리고 합의하겠다는 말을 듣는 순간 가해자는 도리어 피해자에게 갑질을 하기 시작한다.

　만일 여기서 피해자가 용서를 번복한다?

　그러면 도리어 주변에서 피해자를 욕하고 공격한다. 특히 나이가 어린 아이가 가해자라면 더더욱 그렇다.

　'어떻게 애를 속일 수 있느냐.' 또는 '애 일생이 불쌍하지 않느냐.'라는 식으로 말이다.

　결국 그런 강요에 의해 용서하는 사건이 엄청나게 많아지는데, 그 결과 가해자들은 반성도 하지 않고 밖으로 나가서 더 큰 범죄를 저지른다.

　"저희는 합의할 생각이 그다지 없습니다."

　"아니, 지난번에는 합의해 주신다고……."

　"'가해자가 사과하면'이라는 거죠. 하지만 가해자가 사과하지 않았습니다만?"

　"그건 제가 반성하고 있다고 말씀드렸는데……."

"그거야 아버지 입장에서 말씀하신 거고, 저는 피해자가 직접 사과하는 걸 요구하는 겁니다."

"……."

"어설프게 반성문 같은 걸로 퉁치려고 하지 마시고요. 저희가 요구하는 건 그런 어설픈 반성문이 아닙니다. 학교에서 이루어지는 공개적인 사과입니다."

"하…… 학교요?"

"학교에 헛소문을 퍼트렸으니 그걸 무마해야지요. 저희 의뢰인은 아직 미래가 창창한 사회 초년생입니다. 권보연 양 때문에 낙태를 세 번이나 했다는 헛소문을 달고 살아야겠습니까?"

미래가 창창하다? 그건 이쪽도 마찬가지다.

이제 20대 초반인 사회 초년생의 미래가 고 1짜리 범죄자의 미래와 차이가 나면 얼마나 나겠는가?

"그리고 상식적으로 생각해 보면 말입니다, 노력해서 선생님이 되고자 하는 20대의 올바른 예비 선생님과 벌써부터 강도질이나 해 대는 범죄자의 미래 중 어느 쪽이 사회적으로 더 보호할 가치가 있는지는 바로 답이 나옵니다만?"

노형진이 몰아붙이자 권수락은 사색이 되어서 아무런 말도 못 했다.

"저희가 요구하는 건 세 가지입니다. 첫 번째, 학교에서의 공개적인 사과. 두 번째, 핸드폰과 인터넷의 2년간 사용 금지. 세 번째, 아무런 연고가 없는 제3의 지역으로의 전학."

"무리한 요구입니다."

권수락은 화를 버럭 내면서 말했다.

그러자 노형진은 그런 권수락을 몰아붙였다.

"아버님은 지금 화내실 상대를 잘못 정하신 겁니다."

"네?"

"화내야 하는 대상은 저희가 아니라 따님이죠. 따님한테
는 화내지도 못하면서 저희한테는 왜 화내십니까?"

"하지만 그건 사회적으로 애를 말려 죽이는 거 아닙니까?"

"어차피 10호 처분이 나오면 이렇게 될 수밖에 없습니다
만. 저희가 무리한 요구를 했나요?"

10호 처분은 기본적으로 소년원행이다.

소년원은 교도소가 아니다. 엄밀하게 말하면 학교다. 그저
강제로 갇혀서 다니는 학교일 뿐이다.

실제로 소년원에서 졸업하고 나온 경우도 학력으로 인정
된다.

"소년원에 가면 인터넷도, 핸드폰도 못 씁니다. 당연히 소
년원은 한정된 공간에 있으니까 기존 관련자들과의 관계도
끊어지겠지요. 저희는 전과를 남기지 않는 대신에 정확한 사
과와 재발 방지를 위해 그걸 요구하는 겁니다만?"

"그건……."

"싫으시면 끝까지 가고요."

그 말에 권수락은 아무런 말도 못 했다.

좋게 화해할 수 있을 줄 알았지 이 정도로 몰릴 줄은 몰랐으니까.

"저희가 선처를 해 드릴 시간은 얼마 안 남았습니다."

노형진은 단호하게 말했다.

"결정은 따님이 하시는 겁니다."

권수락이 간 후, 김승연은 뭔가 묘한 표정이 되었다.

"표정이 왜 그래요?"

"제가 생각하는 용서의 과정하고 좀 달라서요."

"아, 김 변호사님은 따뜻하고 훈훈한 과정을 원하셨나 보군요?"

"네. 용서와 화해. 보통 합의는 그런 분위기 아닌가요?"

그 말에 노형진은 자신도 모르게 피식하고 웃었다.

"뭐, 그런 착각이 있기는 하죠."

"착각요?"

"네. 상대방이 반성한 후에 용서하고 서로 훈훈하게 포용하며 끝나는 합의, 사실 이게 이상적인 과정은 맞습니다. 하지만 어디까지나 '이상적인' 합의죠."

"음……."

그 말에 김승연은 한 번에 이해하지 못해 혼란스러운 표정을 지었다.

그 모습을 본 노형진은 김승연이 아주 쉽게 알아들을 수 있는 예시를 들었다.

"김 변호사님, 민사사건 조정에 들어가신 적 있죠?"

"네."

"그 조정이라는 게 목적이 뭐죠?"

"그거야 서로 화해시키고 재판 이전에 사건을 종료…… 아, 그러네요."

거기에는 서로 화해하고 반성하는 훈훈한 결말 따윈 없다.

조정 위원들이 서로 억울하다고 악다구니를 하는 양측의 말을 듣고 각자 적당히 물러나게 함으로써 사건을 종결시키는 것이 목표일 뿐이다.

"애초에 반성하고 훈훈하게 끝날 거라면 우리 변호사한테 오지도 않습니다. 변호사 선임이 돈이 넘쳐 나서 하는 건 아니지 않습니까?"

"끄응……."

그 말에 김승연은 할 말이 없었다.

생각해 보면 조정 위원회나 지금이나 결국 같은 과정이다. 다만 조정 위원회에는 중간에서 중재해 줄 사람이 있을 뿐.

"많이들 착각하더군요, 용서한다는 건 이쪽에서 무조건 물러서야 한다는 걸로."

하지만 노형진은 그렇게 생각하지 않는다.

물론 용서라는 게 상대방을 배려해 주는 행위이긴 하다.

하지만 그 배려는, 상대방이 반성했을 때부터 해도 되는
거다.

"그래서 몰아붙이신 거군요."

"네."

"그러면 어떻게 될까요? 진짜로 우리가 원하는 대로 핸드
폰을 정지하고 빼앗을까요?"

"그럴 리가요."

노형진은 어깨를 으쓱했다.

"권보연은 이미 부모가 만만할 겁니다. 당연히 개소리하
지 말라고 하겠죠."

핸드폰과 인터넷은 권보연이 조직에 속해 있기 위해서는
필수적인 요소다.

거기다 그 나이대 일진의 공통점은 부모를 철저하게 무시
한다는 거다.

"당연히 받아들이지 않을 겁니다."

"그러면 화해가 될까요?"

"당연히 지금은 안 되겠죠. 아마 결말은…….."

사실 결말을 예상하는 건 어렵지 않다.

"가출이겠지요."

"씨팔! 그년한테 사과하라고 지랄하지 말라고!"

권보연은 목소리를 높였다.

권수락은 그런 딸의 모습에 속이 시커멓게 타는 느낌이었다.

"가서 '죄송합니다.'라고 한마디만 하면 되는 거야."

"조까라고. 사과 안 한다고!"

"보연아!"

권수락은 속이 시커멓게 문드러지는 것 같았다.

아이엄마가 집을 나간 후로 그는 혼자서 어떻게 해서든 딸을 잘 키우려고 했다.

그런데 삐뚤어질 대로 삐뚤어진 딸은 도무지 제자리로 돌아올 생각을 하지 않았다.

"이번에는 네가 잘못한 거야. 이건 진짜 큰일이라고."

"웃기네. 개 같은 년이 먼저 남의 인생에 왜 지랄하느냐고!"

아무리 권수락이 설득하려고 해도 권보연은 도무지 들어처먹질 않았다.

"씨팔. 나가라고! 나가!"

권보연에 의해 방에서 쫓겨난 권수락은 한탄만 했다.

"내가 도대체 뭘 잘못했는데."

해 달라는 건 다 해 줬고 필요한 건 다 해 줬다.

혹시나 마음의 상처를 받을까 봐 쓴소리 한번 하지 않았다.

하지만 그게 실수였다고 권수락은 차마 생각할 수가 없었다.

"미치겠네."

사실 상대방이 요구하는 걸 다 들어줄 수도 있지만 권보연이 사과할 경우 그 조건을 조절할 수는 있을 것 같았다.

실제로 슬쩍 그가 사과하면서 끝내려고 했다.

지난번에도, 지지난번에도 그가 사과하면 상대측에서는 사과를 받아들이고 합의해 줬다.

그런데 이번에는 그렇게 되지 않았다.

상대방은 그가 아닌 권보연의 사과를 요구하고 있는데, 권보연은 그럴 생각이 없었다.

"보연아, 한 번만 사과하자. 응?"

"아, 씨팔. 시끄럽다고!"

소리를 꽥 지른 권보연은 핸드폰으로 음악을 틀고는 최고 볼륨으로 올렸다.

"씨팔. 개 좆 같네."

선생도 아니고 고작 사범대생 따위가, 그것도 교생실습 나온 주제에 자신에게 한 소리 하는 걸 보고 빡쳐서 저지른 일이었다.

그래서 별거 아닐 거라 생각했던 일이 생각보다 커져 걱정되긴 했지만, 그렇다고 이대로 물러나자니 자존심이 상했다.

"씨팔. 무능한 새끼 같으니."

권보연은 다 싫었다.

세상도 싫고, 학교도 싫고, 무능해 빠진 자기 아버지도 싫었다. 자기를 알아주는 건 친구들밖에 없었다.

"씨팔."

권보연의 입에서는 끊임없이 욕이 나왔다.

하지만 그녀는 그 친구라는 존재가 인생에서 얼마나 가벼운지 알지 못했다.

⚖

노형진은 권보연을 사회적으로 고립시키기 위해 미리 준비해 놨다.

사실 권보연을 고립시키는 건 어렵지 않았다.

'지금쯤 권수락이 권보연에게 사과하라고 뭐라고 했겠지.'

그리고 이 뒤에 아마 권보연은 가출할 거다.

그건 어렵지 않게 예상할 수 있었다. 애들이 뭐 뻔하니까.

그리고 그렇게 가출한 후에는 어떤 행동을 할까?

당연히 자신을 도와줄 수 있는 사람, 그러니까 같은 패거리에게 연락할 거다.

그래서 노형진은 권보연이 연락할 만한 패거리와 그 부모들을 모두 한자리에 불러 모았다.

"저는 아니에요!"

"이미 권보연이 다 불었어. 너희가 같이하자고 했다면서?"

"아니라니까요, 씨팔."

"어디서 욕을 하고 그래? 너도 권보연처럼 강간 교사로 감옥에 가고 싶어?"

습관적으로 욕을 뱉어 내던, 권보연이 다니던 학교의 일진은 감옥이라는 말에 찔끔했다.

"아무리 생각이 없기로서니 세상에, 강간 교사를 할 줄은 몰랐다."

"아니, 저희는 진짜…… 몰랐다니까요."

"권보연이 이미 다 사실대로 말했다. 너희들이 권보연이랑 이야기해서 하자고 했다고."

그 말에 뒤에 있던 부모들은 얼굴을 감쌌다.

학교에서 뭔 지랄 같은 일이 있었는지 전혀 모르고 있었는데 사건이 터지고 보니 이만저만 큰일이 아니었다.

"저기 변호사님, 저희 애들이 진짜로 모른다고 하잖아요."

"도둑이 자기가 도둑질했다고 말하지는 않죠."

"거참, 애들 좀 믿어 달라고요."

"맞아요. 우리 애들이 얼마나 착한데."

'지랄하고 자빠졌네.'

우리 애는 그럴 애가 아니다.

매번 듣는 이야기지만 저것만큼 말도 안 되는 개소리가 어디 있나 싶었다.

"진짜로 믿으세요?"

"그럼요."

"여러분, 잘 모르시나 본데 이거 지금 되게 심각한 상황입니다. 법적으로 보면 10호 처분이 나올 가능성이 높아요. 2년간 소년원행입니다."

일진 부모들의 공통점은 보통 좋게 말하면 아이들을 잘 믿는 거고, 나쁘게 말하면 남의 말을 안 믿는 거다.

물론 자식에게 믿음이 있는 건 좋은 거다.

그런데 자신의 자식이 잘못 나가고 있다는 증거가 있어도 믿지 않는 건 문제가 된다.

'그렇게 나온다면야.'

노형진은 어깨를 으쓱했다. 이미 예상한 일이니까.

'뭐, 이야기하지 않았을 리가 없지.'

분노의 강화. 이건 일종의 룰이 있다.

특히 여성 집단에서 많이 벌어지는 일이다. 일종의 소위 말하는 공감의 오류로 발생한다.

처음에는 자기가 짜증 나는 것을 말한다. 그리고 주변에서는 공감하면서 키득거린다.

그리고 그러한 말을 들으면서 가해자는 자신이 피해자이며 올바르다는 착각을 하게 된다.

그리고 점점 그 분노가 커지고 복수하는 게 정당하다고 느낀다.

다만 여기서 차이가 나는 건, 이게 범죄 단계로 넘어가는 눈치가 보이기 시작하면 남자들은 슬슬 발을 뺀다는 거다.

남자들은 자기가 잘못하면 자기도 처맞는다는 일종의 경계 감각이 있지만 여자들의 경우는 그러한 경계 감각보다는 공감을 우선시한다.

당연히 단순 푸념에서 범죄로 넘어가는 시점에서 그건 아니라고 생각하든가, 아니면 그건 범죄라고 말리는 시늉이라도 해야 하는데 그게 안 된다.

더군다나 이런 여자로 이루어진 일진 집단은 누군가가 공감이 아니라 브레이크를 거는 경우, 순식간에 집단 내부에서 반란으로 받아들여서 도리어 공격 대상이 되는 경우가 많기 때문에 브레이크를 거는 것 자체가 거의 불가능하다.

"이미 당신 딸내미들이 이야기를 듣고 거기에 동의했다는 이야기를 확실하게 했습니다. 당연히 그걸 동조한 당신네 딸내미들은 공범인 거고요."

물론 진짜로 공범이라고 할 수는 없다.

기껏해야 방조범이지만, 강간 교사의 방조라고 보기에는 사건 자체가 애매하기는 하다.

'하지만 어차피 고발할 거 아니니까.'

박연경은 아무리 자기를 공격했던 아이라지만 학생이라는 점, 그리고 꼴에 자기 제자였다는 점 때문에 그래도 고발은 하지 않을 거라 한 상황.

그래서 원하는 것은 오로지 단 하나, 사과뿐이었다.

'하지만 그걸 저 사람들은 모르지.'

그러니까 이쪽에서 그걸 이용해 압박하는 게 가능하다.

"그렇게 확신하신다면야."

노형진은 어깨를 으쓱하며 말했다.

"그러면 게임을 시작하죠."

"게임?"

"네. 여기서 딱 두 명."

노형진은 스윽 학교의 일진을 바라보았다.

"여기서 진실을 말하는 딱 두 명하고만 합의하시라고 제 의뢰인에게 말하겠습니다. 나머지는 뭐, 소년원을 가시든가."

그 말에 일진들의 눈동자가 흔들리기 시작했다.

'그러겠지. 아무리 강한 척, 조폭인 척 해도 결국은 어린애니까.'

아무리 생각이 없기로서니 의리 운운하면서 자기도 같이 소년원에 가서 인생 조지고 싶은 생각이 있을 리가 없다.

이런 말이 있지 않은가? 범죄자들이 의리를 외치는 이유는 그들에게 의리가 없기 때문이라고.

그 누구도 자신이 충분히 가지고 있는 것을 원하지는 않는다.

역시나 그 말을 한 지 채 20분도 되지 않아서 누군가 손을 번쩍 들었다.

"어…… 저는 대충 들었어요."

"언니?"

"야, 이 쌍년아!"

깜짝 놀라는 다른 학생들. 그리고 그중 한 명은 버럭 화내면서 달려들었다.

물론 그 모습을 본 선생들과 부모들은 다급하게 뜯어말렸다.

"씨팔. 뭐 하는 거야! 왜 입을 털어!"

"지랄하네. 내가 너희처럼 돌탱인 줄 알아, 병신 년들아?"

"뭐? 병신 년들?"

"그래. 대가리에 똥만 가득 차서, 내가 어울려 주니까 아주 동급이라고 생각하지? 지랄하지 마, 쌍년들아!"

먼저 입을 연 소녀를 보며 노형진은 피식 웃었다.

'그래, 이럴 줄 알았지.'

일진이라고 해서 모두 공부를 못하고 멍청할까?

아니다. 선생들은 공부를 잘하는 애들일수록 착하고 바를 거라 생각하지만 사실 인성과 성적은 그다지 관련이 없다.

인성이 발라도 공부를 못하는 사람도 있고, 인성이 개떡이지만 공부를 잘하는 사람도 있다.

'그리고 공부 잘하는 고 3 일진도 있기 마련이지.'

슬슬 미래를 준비해야 하는 시점.

멍청한 학교의 일진 놀이를 해 봐야 미래는 시궁창이니, 좋은 머리로 좋은 대학에 가서 과거를 세탁하고 미래를 준비하고 싶어 하는 머리 좋은 일진이 없을 리가 없다.

그 상황에서 다른 곳도 아니고 소년원에 간다?

인생 조지는 거다.

당연히 그걸 알아챈 머리 좋은 일진은 슬슬 손절할 시기를 재기 마련이다.

'영원한 우정? 지랄한다, 진짜.'

대부분의 일진들 사이에 영원한 우정 같은 건 없다.

왜냐하면 학교에 다닐 때야 함께 권력을 누리는 맛에 우정을 이야기하지만 대부분 대학에 가면 손절하기 때문이다.

특히 좋은 대학을 간 일진은 아예 연락처를 바꾸면서 과거와 선을 그으려고 한다.

일진이었다는 과거는 그녀들에게 결코 좋은 기록이 아니니까.

특히 지금처럼 방송에서 잘나가던 연예인들조차 일진설 하나에 훅훅 가는 때라면 더더욱 그럴 수밖에 없다.

일진 출신이라고 하면 좋은 직장도 구하기 힘들고, 좋은 혼처도 나오지 않는다.

세상에 대해 알수록 과거의 일진 기록이 자랑스럽지 않다는 걸 알게 되는 것이다.

당연히 학교를 졸업한 후에도 서로 연락하면서 일진 출신이라고 거들먹거리며 몰려다니는 놈들은 대부분 인생 실패자들, 즉 과거에 학교에서 짱 먹은 게 유일하게 자랑거리인 타입들뿐이다.

'그리고 고 3쯤 되면 슬슬 분리되지.'

공부 잘하는 일진은 공부에 매진하기 시작하고, 공부 못하는 일진은 자기들끼리 뭉쳐 다니면서 그런 배신자들을 욕한다.

'그러니 말하는 사람 빼고 인생을 조져 버리겠다는 말을 들으면, 뭐.'

당연히 살려고 하는 사람들이 먼저 나선다.

어차피 손절할 타이밍이고 다시는 안 볼 애들이니까.

"어…… 저도 봤어요, 저도! 분명 그랬어요! 다른 애들이랑 이야기해서 인생을 조져 버릴 거라고! 강간당해 버렸으면 좋겠다고."

한 명이 눈치 빠르게 자리 하나를 선점하자 다른 한 명이 나머지 자리도 빠르게 차지했다.

그제야 다른 학생들은 아차 싶었지만……

"끝. 두 자리 다 찼고요. 나머지 분들은 소년원으로 가시면 되겠네요."

"아니, 잠깐만요! 잠깐만……."

"아, 할 말 없구요. 알아서들 하세요. 두 학생, 이름하고 전화번호만 좀 줄래요?"

두 사람의 전화번호만 받아서 나오는 노형진의 등 뒤로 학

부모와 학생끼리 싸움이 벌어졌다.

"쌍. 뭐 하는 짓거리야! 그걸 꼰지르냐?"

"지랄. 너희가 병신 짓 한 걸로 왜 내 인생을 조져야 하는데?"

"아니, 당신들! 애를 어떻게 키웠기에 우리 애한테 피해를 줘!"

"뭐야? 아니 왜 먼저 배신하고 지랄이야, 지랄이!"

시끄러운 소리를 들으면서 상황을 조용히 지켜보고 있던 김승연은 고개를 갸웃했다.

"고발은 안 하실 거죠?"

"안 합니다. 그냥 겁만 준 거예요."

"그런데 왜?"

"아마 권보연은 가출할 겁니다. 보니까 가출 경험도 한두 번이 아닌 것 같은데 세상도, 부모도 만만하니까 친구들 집에 가서 자면 될 거라 생각하겠지요. 실제로 지난번 가출에서도 친구 집에서 지낸 모양이던데."

하지만 손절당한다면 과연 어떤 느낌일까? 온 세상에서 버려진다는 게 어떤 건지 과연 알까?

"슬슬 버릇을 좀 고쳐야지요."

권보연은 노형진의 예상대로 가출했다.

그때마다 권수락이 설설 기며 집에 들어오라고 읍소했기

에 이번에도 그런 방법으로 기를 꺾어 볼 생각이었다.

하지만 이번에는 과거와는 좀 달랐다.

―이 개 같은 쌍년. 너 연락하면 죽인다. 알았냐?

"뭐?"

―연락하지 말라고, 쌍년아.

잘 곳이 필요해서 일단 전화한 가장 친한 친구, 아니 친한 친구라고 생각한 사람에게서 바가지로 욕먹은 권보연은 정신이 아찔해졌다.

그녀는 전화가 끊어지자 다시 걸었지만 차단되었는지 좀처럼 연락이 되지 않았다.

그녀는 어이가 없어서 다른 아이에게 전화했다. 하지만 돌아오는 것은 욕설뿐.

―개 같은 년.

―나가 뒈져, 쌍년아.

―너는 내 눈에 띄면 뒈진다. 알았냐?

아무도 그녀와 제대로 이야기하지 않으려고 했다. 돌아오는 것은 욕설뿐.

갑작스러운 상황을, 권보연은 받아들일 수가 없었다. 자신이 뭘 잘못했는지 알 수가 없었으니까.

물론 자신이 범죄를 저질렀다는 것은 안다.

하지만 자신의 제안에 좋은 생각이라고, 걸레 같은 선생년 인생을 망쳐 버리자며 찬동한 건 친구들이었다.

그런데 갑자기 자신을 버리다니.

"뭐야, 씨팔?"

권보연의 입에서 저절로 욕설이 튀어나왔다. 하지만 상황
이 이해되지 않는 건 여전했다.

"이게 뭔……."

권보연은 눈을 찡그리는 것 말고는 할 수 있는 게 없었다.

⚖

권보연은 다음 날 아침이 되자 서둘러 학교로 갔다.

그녀는 밤새도록 추위에 벌벌 떨어야 했다.

전이라면 찜질방이라도 갔겠지만 그럴 수도 없었다. 코뎰
09바이러스로 인해 찜질방이 영업하지 않았기 때문이다.

그래서 그녀는 추운 겨울에 벌벌 떨면서 밖을 돌아다녀야
했다.

그런데 학교에서 그녀를 반긴 건 어젯밤보다도 더 차갑다
못해 무서울 정도의 냉대였다.

무시? 차라리 무시였다면 속이라도 편했을 거다.

"야, 존나 뻔뻔하네."

"그러게. 그렇게 우리를 찌르고도 면상을 들고 학교를 오
냐?"

머리를 톡톡 치면서 자신을 위협하는 친구들.

아니, 친구라고 생각했던 사람들.

"아니, 뭘 찔렀다는 거야?"

"지랄. 아직도 이러네."

"**뻔뻔한 거 보소.**"

"미친년."

한두 명도 아니고 최소 대여섯 명이 자신을 에워싸고 위협하자 권보연은 뭔가 잘못되었다는 것을 직감적으로 느낄 수밖에 없었다.

"이런 쌍년이."

물론 그녀라고 해서 마냥 당할 생각은 없었다. 그래도 일진이었으니까.

하지만 수적으로 이미 밀린 상황에서 그녀가 쓸 수 있는 저항 수단은 없었다.

"이 쌍년이 미쳤나!"

달려드는 순간 누군가 그녀의 배를 발로 찼다.

그리고 그녀가 쓰러지자마자 일제히 그녀를 발로 밟기 시작했다.

"이 개 같은 년아, 우리 팔아먹으니까 좋아?"

"씨팔 년, 나가 죽어."

이미 쓰러진 상황이라 그녀는 저항할 수가 없었다.

그녀를 살린 건 수업 시작을 알리는 종소리였다.

"야, 가자."

"너 이따 두고 보자."

"너, 선배님들이 보자니까 학교 끝나고 남아라. 도망치면 죽는다."

그 말에 권보연은 숨이 턱 막혔다.

무슨 일이 벌어졌는지는 모르겠지만 한 가지는 확실했다.

자신은 패거리에서 내쫓긴 걸 넘어서 표적이 되었다는 것 말이다.

그리고 표적이 된 경우 어떤 식으로 당하는지도 누구보다 잘 알았다.

단순히 빵 셔틀을 시키는 거야 담당 일진 것만 챙기면 되지만, 표적이 되면 선택지는 둘 중 하나다.

전학을 가든가, 아니면 자살하든가.

물론 근처로 전학을 가도 소용없다. 일진 사이에서 소문이 싹 도니까.

애초에 이미 자신은 두 번이나 학교 폭력으로 전학한 상황. 과연 주변에서 받아 줄 학교가 있을까?

"딴 곳에서 온 년을 받아 주는 게 아니었어."

"그러니까."

우르르 몰려나가면서 차갑게 말하는 일진을 본 권보연은 정신이 아득해졌다. 그리고 더럭 겁이 났다.

선배들에게 불려 나간다. 그 경우에 무슨 일이 벌어지는지는 누구보다 자신이 잘 알지 않는가? 자신이 했던 일이니까.

권보연은 벌떡 일어났다. 그리고 다급하게 도망치기 시작
했다.

"어, 뭐야?"

"저년 튄다, 저거!"

"쌍년아, 네가 도망칠 수 있을 것 같아?"

　목소리가 높아지고 뒤에서 화가 난 목소리가 들려왔지만
따라오는 일진은 없었다.

　이미 한번 범죄로 엮인 상황이라 혹시나 다른 방식으로 엮
일까 두려웠기 때문이다.

"넌 내가 죽여 버릴 거야! 이 쌍년아."

"눈에 띄면 죽는다. 알았어?"

　권보연은 욕설을 들으면서 미친 듯이 뛰어서 학교를 벗어
났다.

　그 뒤로는 무심한 시선이 따라붙고 있었다.

반성의 조건

"뭐, 예상대로군요."

권보연은 모르겠지만 사실 그녀는 가출한 순간부터 감시 대상이었다.

물론 노형진이 가출한 그녀를 불쌍하게 생각하는 건 아니었다.

노형진이 받은 의뢰는 사과를 받아 내고 그녀를 갱생시키는 것인 만큼, 도리어 그녀가 어디론가 완전히 도망가는 건 좋지 않은 선택이었을 뿐이다.

더군다나 상대방이 가출한 것 같은 여자아이라면 이상한 목적으로 접근하는 놈들도 넘쳐 나기 때문에 만일에 대비한 것도 있었다.

"그런데 이런다고 사과하나요?"

"인간은 말입니다, 대부분 목에 칼이 들어와야 사과합니다."

진짜로 실수해서 반성하는 사람? 그런 사람들은 처음부터 사과하지, 일을 이 지경으로 만들지 않는다.

"하지만 권보연은 그런 타입이 아니죠."

일을 크게 만들어 결국 이 지경까지 왔다.

"소위 말하는, 칼을 봐야 정신을 차리는 타입이라고 할 수 있죠."

"그런데 이렇게 코너에 몰았는데도 사과하거나 반성하지 않으면요?"

"그때는 어쩔 수 없죠. 박연경 씨에게 말해서 사과고 뭐고 그냥 법대로 하시라고 하든가, 아니면 권보연의 인생이 어떻게 되든 그냥 냅 두든가."

"와…… 복잡하네요."

"네. 차라리 법대로 해서 인생을 조져 버리는 게 우리 입장에서는 편하죠."

하지만 이 사과라는 건 상대방의 갱생을 원한다는 의미인 만큼 그냥 놔둘 수도 없는 노릇.

"일단은 고립되었으니까 그게 반성의 기회가 될 수도 있을 겁니다."

노형진은 자신 있게 말했다.

가출한 권보연은 어디에도 가지 못했다.

전이라면 친구 집에 가서라도 잘 수 있었겠지만 이젠 그것도 불가능해졌다.

자신은 이미 일진 패거리의 표적이 되었다.

당연히 그들을 피해서 다녀야 했다.

하지만 지낼 곳도, 밤에 잘 곳도 없었다.

그런데 그렇다고 집으로 들어가자니, 아직도 남아 있는 작은 자존심이 그걸 막았다.

"젠장…… 돌겠네, 씨팔."

언제부터인가 그녀의 입에서는 끊임없이 욕이 흘러나왔다.

돈도, 일할 곳도 없다. 그리고 잘 곳도 없다.

완전히 세상에서 고립되었다는 생각에 그녀는 왠지 서럽다 못해 두려움이 몰려왔다.

그나마 낮에는 커피 한 잔을 시키고 하염없이 커피숍에서 시간이라도 죽이거나 도서관에서 자리를 차지하고 있을 수 있지만, 해가 떨어질 때쯤 되면 슬슬 나가야 한다.

그리고 그런 상황을 노형진은 다 예상하고 있었다.

"뭔가 안쓰러워지네요. 얼굴에서 뭔가…… 독기가 없어진 달까? 그런 느낌도 들고."

"다행이네요."

사각지대에서 권보연을 몰래 지켜보던 김승연이 걱정스럽게 말하자, 맞은편에 앉아 있던 노형진이 고개를 끄덕였다.

"보통은 독기가 더 강해지지 않나요?"

"사람마다 다릅니다. 보통은 물러날 곳이 없으면 독기가 강해지지요. 하지만 권보연은 그렇지 않을 가능성이 크죠."

노형진은 어깨를 으쓱하며 말했다.

"아버지인 권수락 씨는 아이를 학대하거나 그러지 않았습니다. 도리어 과보호했죠. 그 결과, 권보연이 삐뚤어진 거고요."

그래서 가정교육이 중요한 거다. 과보호로 인해 아이가 엇나가기도 하니까.

"그러니 그 보호의 영역에서 이탈했을 때 겪는 세상이 낯설 수밖에 없죠."

자존심이 상하고 기분이 나쁘다는 이유로 틱틱거렸다지만, 결과적으로 그들의 세계는 협소하고 한정될 수밖에 없다.

"당장 학교만 봐도 그렇잖아요."

슬슬 자기들이 물러날 때가 되자 서로 뒤통수를 치고 먼저 합의하려고 배신을 서슴지 않았다.

"배수의 진이라는 게 의미가 없다는 건가요?"

"수영 잘하는 사람한테 배수의 진이 무슨 의미가 있겠습니까?"

배수의 진은 등 뒤에 강이나 바다를 두고 싸우는 것을 의미한다. 도망갈 곳을 막는 행위다 보니 필사적으로 싸우게 된다.

전략적으로 본다면 아주 병신 같은 짓이지만, 일부 장군들이나 장교들은 그렇게 함으로써 승리할 수 있을 거라 생각한다.

하지만 그것도 결국 수영할 줄 모르는 사람들에게나 위험한 거지, 수영 잘하는 병사라면 여차하면 그냥 수영해서 벗어나면 그만.

"권보연은 권수락을 만만하게 생각합니다. 그동안 사건을 보면 권보연이 문제를 터트렸을 때마다 권수락 씨가 해결해 줬고요."

"그건 그렇죠."

"종종 그런 경우가 있습니다. 주변에서 인생을 망가트릴 수 없으니 어쩔 수 없다며 계속 도와주는 거. 그런데 도움을 받는 사람이 도리어 그런 걸 학습해서 이용해 먹는 경우요."

실제로 도박으로 인해 패가망신하는 집들의 공통점이 가족이 도박하다 빚을 지면 어떻게 해서든 그걸 가족의 힘으로 틀어막아 보려고 한다는 거다.

집을 팔고 은행 적금을 해지해 일단 빚을 틀어막아 준다.

"그런데 그게 도리어 문제가 되죠."

이번에 막아 줬으니까 다음번에도 막아 주겠지. 도박한 가족은 그런 생각을 하게 되고, 결과적으로 전 재산을 다 갉아먹고도 도박을 끊지 못하게 된다.

"애초에 도박은 중독성이 심합니다. 당사자가 스스로, 알아서 끊어 달라고 하는 건 의미가 없죠."

손이 잘려도 발로 하는 게 도박이라고 했다.

특히 한국의 도박은 보통 하우스라고 하는 사설 도박장에서 이루어지는데, 하우스는 고스톱같이 중독성이 강한 도박을 이용해서 뜯어먹는다.

"그러면 그걸 어떻게 막아요?"

"당연히 신고해야지요."

"신고요?"

"네."

신고하면 일단 도박장에서 빌린 돈은 갚을 필요가 없다.

하우스에는 보통 현장에 쩐주라는 돈을 쥔 놈이 있는데, 그놈이 돈을 빌려준다.

그런데 현행법상 도박하는 현장에서 빌린 도박 자금은 갚을 필요가 없다.

"물론 그 과정에서 빌려 간 놈이 신나게 두들겨 맞거나 하겠지만요."

하지만 그것도 신고하면 된다.

장기를 빼 가서 팔아먹는다? 말이 그렇지, 사실 쉽게 그럴 수는 없다.

그런 짓을 했다가는 진짜 수사 1순위가 돼서 대부분 사형이 언도된다.

"그리고 그게 장기적으로는 도움이 되죠."

그렇게 한번 무시하고 신고하면 쩐주나 하우스판에 소문이 빠르게 돈다. 당연히 그 도박중독자를 받아 주려는 사람은 아무도 없게 된다.

"도박을 고치는 게 아니라 도박을 못 하게 막는 거죠."

필요하다면 정신병원에 넣는 등의 행동도 해야 한다.

"무조건적인 보호는 도리어 인생을 망가트리는 지름길일 뿐입니다."

그렇게 말하면서 노형진은 권보연을 힐끔 보았다.

"그리고 권보연 학생도 조금씩 그걸 배우는 것 같군요."

점점 해가 떨어지는 상황.

그 상황에서 그녀의 시선은 하늘로 향해 있었다.

해가 떨어지면 추위가 엄습할 것이라는 걸 아는 것처럼 말이다.

"그리고 보통 이런 경우, 안 좋은 놈들이 꼬이기 마련이죠."

"안 좋은 놈들요?"

"제가 단순히 권보연 양이 도망갈 것 같아서 사람을 붙인 게 아니지 않습니까?"

사실 사람을 붙이는 행위는 의외로 돈이 많이 든다.

박연경에게서 받은 의뢰비를 생각하면 명백하게 마이너스라고 봐도 무방하다.

"저도 나름대로 학생 인생을 구제하려고 하는 겁니다."

"저게 구제라고요?"

"몸에 좋은 약은 쓰기 마련입니다."

노형진은 피식 웃으며 말했다.

그러는 사이 해가 완전히 지자 권보연은 어느 틈엔가 사람이 많은 번화가로 향했다.

당연한 거다. 사람은 밤을, 그리고 어둠을 두려워한다.

아무리 깡이 좋다고 해도 그런 본능적인 영역은 어쩔 수가 없다.

왜 담력 훈련한다며 오밤중에 불빛 하나 없는 공동묘지로 가겠는가?

그만큼 어둠은 인간이 본능적으로 두려워하는 거다.

그렇기에 반대로 빛으로 가득한 번화가에는 별별 미친놈이 다 모여 있기 마련이었다.

"오, 예쁜데?"

"어디서 왔어?"

교복을 입고 있는, 누가 봐도 고등학생인 권보연에게 접근하는 남자들.

그들의 눈빛은 뭔가 노리는 걸로 보였다.

"가출했니, 꼬마야?"

"밥은 먹었어? 잘 곳은 있고?"

슬슬 접근하는 세 명의 남자.

김승연은 그걸 보고 당장 튀어 나가서 그들을 막으려고 했다. 그러나 그런 그녀를 노형진이 말렸다.

"잠깐 놔두세요."

"네? 아니 저 새끼들 저거, 미친놈들이잖아요. 아니, 범죄자들이잖아요!"

누가 봐도 고등학생인 권보연. 거기다 이제 고등학교 1학년이라 어린 티가 팍팍 난다.

그런 아이를 건장한 사내 세 명이 포위하듯이 에워싸고 수작을 부리고 있다.

"맞습니다. 범죄자죠."

발정 난 소아 성애자들이다. 그런 놈들을 놔두라니?

"제가 말했지요, 사람은 목에 칼이 들어와야 현실을 깨닫고 반성한다고?"

"설마 저 미친놈들이 칼이라도 된다는 거예요?"

"맞습니다."

"아니, 그건 너무한 거죠."

"너무한 게 아닙니다. 보연 양이 그냥 일진으로 성장한다면 과연 저런 놈들과 엮이지 않을까요?"

"그건……."

"엮입니다. 100% 엮이게 되어 있어요. 하지만 아직 권보연 양은 그런 사람들을 모르죠. 지금이라도 저런 놈들의 본성을 알고 꺼리게 된다면 그게 도리어 기회가 될 겁니다."

일진은 저런 양아치들과 엮일 수밖에 없다.

보통 선배 일진이 먼저 선을 만들어 두고 소개해 주거나 한다.

아니면 소위 말하는 지역 짱들이 접근하기 쉽고 후환도 없는 일진 애들한테 접근하거나.

"잔인하시네요."

"잔인해야 할 때도 있는 겁니다. 이상론으로는 누구도 못 구합니다."

노형진은 이상론자가 아니다.

물론 이상을 위해 노력하는 것은 사실이지만, 그렇다고 해서 이상을 위해 현실에서 눈을 돌리지는 않는다.

"이번 기회에 경찰서에 가 보는 것도 나쁘지 않고요."

"경찰서에요?"

"권보연 양은 경찰서에 가 본 적이 없을 겁니다."

언제나 권수락이 일이 터지기 전에 어떻게든 무마했고, 학교에서도 학교 폭력을 감추기 위해 쉬쉬했다.

그 덕에 그녀는 경찰서에 가 본 적이 없다.

"경찰서라는 공간에는 그 특유의 분위기가 있죠."

사람을 억눌러 주눅 들게 하는 분위기가 분명 있다.

그건 설사 피해자로 간다고 해도 마찬가지다.

어쩔 수가 없는 게, 경찰의 업무라는 게 그럴 만한 사건을 기반으로 이루어지는 거니까.

"만일 우리가 고발하면 권보연은 그 분위기를 피의자로서

이것이 법이다

겪게 될 겁니다."

"그러면 지금은요?"

"지금은 피해자로서 겪게 되겠지요. 물론 마음은 편하지 않겠지만요."

자신도 선생님에게 고소당할지 모른다는 생각을 하고 있을 거다. 그걸 이미 알고 있지만, 자존심 때문에 버티는 거다.

"그리고 의외로 그게 교육적으로 효과가 좋지요."

"좋다고요?"

"뭐, 김 변호사님도 아시지 않습니까? 고개 뻣뻣하게 들고 법대로 하라던 놈들이 경찰서에만 가면 어떻게 바뀌는지 보셨을 테니까요."

"그건 그런데……."

사람은 막연한 기대감을 가지고 살아가는 경우가 많다.

그리고 범죄를 저지른 놈들은 '설마 걸리겠어?'라고 생각하거나, 아니면 '설마 잡히겠어?' 혹은 '설마 피해자가 신고하겠어?'라고 생각한다.

하지만 경찰서에 가면 잔뜩 겁먹고 후회한다.

"보통은 거기서 둘로 나뉘죠."

경찰서에서는 반성한다고 하고 밖으로 나오면 '엿 먹어.'를 시전하거나, 진짜로 후회하면서 정신을 차리거나.

"고발하지는 못하는 상황이니까 일단 경찰서 맛만 좀 보여 주자는 거죠."

노형진은 싱글벙글 웃으며 말했다.

그걸 본 김승연은 기겁했다.

"설마 저런 미친놈들이 달라붙을 거라고 예상하신 거예요?"

"당연히 그럴 거라 생각했습니다. 뇌가 허리 아래에 달린 놈들이 어디 한두 명입니까? 김 변호사님도 대룡 고등학교 상황은 아실 텐데요."

"아…… 그건 그러네요."

대룡 고등학교.

불우한 가정환경으로 인해 가출하거나 한 아이들을 가르치고 장기적으로 대룡의 인재로 키워 내는 학교다.

불우한 가정환경이라는 건 단순히 가난보다는 부모가 부모로서 제대로 역할을 못하기 때문에 발생하는 경우가 많다.

그리고 그건 대부분 피해 아동과 가해 부모의 문제이기에 아동들을 보호하기 위해 대룡에서는 새론과 손잡고 함께 숱한 소송을 해야 했다.

"그때 여자애들 소송을 보면 어마어마하죠."

그나마 집을 대상으로 하는 소송은 다행인 거다.

대부분의 가출한 아이들의 경우, 밖에서 자신을 강간한 놈들을 고소해서 처벌해야 하는 경우가 엄청나게 많았다.

인터넷에다가 가출한 여자애라고 글이라도 올리면 온갖 발정 난 놈들이 몰려드는 게 현실.

"그러니 당연히 저런 놈들이 있을 거라 생각했습니다."

그리고 저런 놈들은 대부분 목적이 같다.

더군다나 저쪽은 세 명.

권보연이 도망가지 못하게 에워싼 것을 보면 좋게 말하면 설득, 나쁘게 말하면 협박하려는 듯했다.

"아마 다음은 뻔하죠."

에워싼 형태로 권보연을 데리고 슬슬 어디론가 가기 시작했다.

아마도 먹여 준다거나 재워 준다는 말로 권보연을 꼬드겨서 자신들의 욕심을 채울 것이다.

"여관에 들어가는 순간 경찰에 전화하세요."

확실하게 납치가 성립되는 순간이고, 그 순간 저들은 처벌을 피할 수 없게 될 것이다.

⚖

권보연은 심장이 미친 듯이 뛰었다.

도망가고 싶지만 도망갈 수가 없었다.

사방을 에워싸고는 자신에게 끊임없이 말하는 남자들.

지금까지 겪어 본 적이 없는 광기에 찬 시선에 몸이 얼어붙었고, 정신 차리고 보니 어느 틈엔가 자신은 여관까지 끌려와 있었다.

"오늘 운 좋네."

"완전 홈런이네."

"그러니까. 완전 홈런이야."

자신을 강간할 생각에 키득거리는 남자들을 보며 두려움을 느낀 권보연은 도망칠 생각으로 입구를 힐끔 보았다.

하지만 이미 상대방도 그걸 알고 있었다.

"야, 그러지 마. 우리도 나쁜 사람은 아니라고. 좋은 게 좋은 거라고. 안 그래?"

"이렇게 방을 구해 줬잖아. 오늘 밖에 나가면 진짜 얼어 죽는다?"

"오늘 영하야, 영하."

입구를 막으면서 이죽거리는 남자들.

"우리도 좋은 의미에서 이러는 거라고. 보니까 쫄쫄 굶은 것 같은데."

"내일 맛있는 거 사 줄게."

남자들이 그렇게 말하면서 점점 다가오자 권보연은 심장이 무너지는 것 같았다.

그 순간 갑자기 '쾅!' 소리와 함께 문이 열렸다.

"꼼짝 마! 경찰이다!"

"겨…… 경찰?"

"너희들을 미성년자 약취 유인으로 체포한다!"

"자, 잠깐만……! 우리는 그런 적이……!"

"지랄하네!"

이것이 법이다

다급하게 변명하려고 하려는 찰나, 먼저 들어온 경찰이 몸을 날려서 그대로 남자들을 찍어 눌렀다.

"이 새끼들아, 증인도 있어."

"하여간 발정 난 새끼들은 어딜 가나 문제를 일으킨다니까."

그제야 들리는 경찰차의 사이렌 소리. 그리고 몰려드는 경찰들.

"학생, 괜찮아? 어디 다친 데 없어?"

다가오는 경찰을 본 권보연은 저절로 눈물이 나왔다.

그녀는 눈물을 흘리면서 주저앉았고, 그 모습을 본 다른 경찰들은 어벙하게 서 있는 범인들의 뒤통수를 후려쳤다.

"하여간 이런 개 같은 새끼들 때문에……."

"이 새끼들, 교도소 밥이 입에 안 맞기를 빈다."

"잠깐, 우리는 아직 아무것도 안 했다고요."

"아직 아무것도 안 했다는 건 뭔가 헛짓거리할 생각은 있었다는 거네?"

"하여간 지능이 낮은 새끼들 같으니라고."

그렇게 세 남자와 권보연은 경찰서로 향했고, 그 뒤를 노형진이 조용히 따라갔다.

⚖️

"아니, 우리는……."

"지랄하지 마, 이 새끼들아! 증인에 CCTV까지 확보했어."

변명하려고 하는 남자에게 경찰은 눈을 찡그리면서 재차 뒤통수를 후려쳤다.

"하~ 요즘 시대가 어떤 시대인데."

"그러니까요."

경찰들은 짜증 난다는 듯 말했다.

한쪽에서는 어이없는 촌극이 벌어지고 있었다.

"응. 여보, 미안해……. 내가 실수한 것 같아. 내가 실수해서 내 인생은 끝났어. 여보, 진짜 미안해. 우리 딸한테도 미안하고, 흑흑흑……."

전화통을 붙잡고 우는 남자를 보고 경찰들의 얼굴에는 경멸이 서렸다.

"지랄을 한다, 아주."

그 혼란 속에서 권보연은 잔뜩 주눅이 든 채 아무런 말도 못 했다.

그녀는 경찰서에 온 게 처음이었다. 그래서 절망감과 두려움 그리고 분위기에 완전히 짓눌려 있었다.

"에이 씨, 우리는 인권도 없습니까?"

"인권? 그래. 인권 찾아 줘야지. 야, 인권이란다."

"인권에 맞춰서 조서를 꽉 채워서 넘기겠습니다."

"미성년자 약취 유인 최고 형량이 몇 년이더라?"

경찰의 고압적인 분위기, 그리고 인생이 망가진 남자들의 절망.

그 모든 게 낯설고 두려웠다.

그리고 그 혼란의 장소에 천천히 노형진이 모습을 드러냈다.

"누구십니까?"

"노형진 변호사입니다."

"노형진 변호사?"

경찰들은 눈을 찡그리며 세 명의 범인들을 바라보았다.

그것을 본 노형진은 고개를 좌우로 흔들었다.

"저쪽 변호사가 아닙니다. 제가 신고자입니다."

"신고자? 아, 그 신고하신 분?"

"네. 지나가다가 발견해서 신고했습니다. 보연 양이 걱정되어서 왔습니다."

"어? 어떻게 피해자 이름을 아시는 겁니까?"

"제가 아버지와 좀 아는 사이라서요."

그 말에 경찰은 이해한다는 듯 고개를 끄덕거렸다.

아버지가 의뢰인이라거나 하는 식으로 받아들인 모양이다.

"하여간 아슬아슬했습니다. 아버님과는 연락하신 건가요? 아직 저희가 피해자 진술은 못 받아서요."

너무 놀라서 벌벌 떨고 있는 권보연을 대상으로 조사를 진행할 수는 없었기에 경찰은 일단 그녀가 진정하기를 기다리고 있었다.

"네, 아까 전화했습니다."

그리고 그 말이 끝나기 무섭게 문이 열리며 권수락이 들어왔다.

"보연아!"

"아빠!"

권보연은 권수락을 보자마자 눈물을 쏟아 냈다.

그동안 아빠라는 말도 안 했었다. 만만했으니까.

하지만 세상으로 나오자, 그리고 자신을 손절 치는 친구들을 보자 이 세상에 자신의 편인 사람은 한 명뿐이라는 걸 깨달았다.

그녀가 본 세상은 혹독하고 잔인했다.

"괜찮아?"

"응…… 괜찮아."

"다행이다. 다행이야."

권수락은 권보연을 보면서 눈물을 펑펑 흘렸다.

그리고 노형진은 뒤에서 그걸 보면서 미소를 지었다.

화해란 좋은 것이었다. 다만 현실에서는 거의 불가능해서 그렇지.

"적당히 합의가 이루어졌어요."

박연경은 권보연에게 제대로 사과받았다.

학교에서 공개적으로 사과한 것은 아니지만 새론에서 서로 대면하고 사과받는 걸로 합의가 이루어졌다.

권보연은 박연경을 보고 눈물을 펑펑 흘렸다, 자신이 저지른 일을 반성하고 후회하면서.

그리고 권보연은 다른 학교로 전학하기로 했다. 그것도 아예 관련이 없는 학교로 말이다.

노형진의 예상대로 몇몇 지역의 일진들이 지역 내에서 패거리를 만들고 손잡고 있었는데, 그 지역에서 학교를 다니면 그들이 괴롭힐 게 뻔하기 때문이다.

"이게 합의라는 겁니다."

진실한 사과에 기반한 합의.

그걸 보면서 김성식도, 김승연도 기분이 묘해졌다.

그동안 합의라는 건 사과보다는 돈을 우선적인 가치로 두고 악다구니를 하면서 싸워 왔다.

그런데 이건 돈이 아니라 사과와 반성 그리고 갱생에 비중을 두고 있었다.

"기분이 이상하군."

"뭐가요?"

"현대 사법 시스템에서 잃어버린 걸 자네에게서 보니까 말이야."

"현대 사법 시스템에서 잃어버린 것?"

"갱생 말일세, 갱생."

"아아~ 하긴, 그렇지요."

현대 사법 시스템은 외부적으로는 갱생을 추구한다.

강력한 처벌만 하면 한 사람의 인생을 망가트릴 가능성이 너무 높다는 취지에서다.

"하지만 정작 갱생 자체는 사라졌지. 인정하지는 않고 있지만."

"그건 그래요."

심지어 경험이 짧은 김승연조차도 인정할 정도로 현재 대한민국에서 갱생은 이루어지지 않는다.

처벌이 강한 것도 아니고, 가해자는 반성이나 사과를 판사에게만 하고, 판사와 검사는 선민의식을 기반으로 해서 선처를 남발한다.

교도소 역시 어느 순간부터인가 갱생을 통한 자립을 가르치는 곳이 아닌, 먹여 주고 재워 주는 공간으로 취급되어 버렸다.

자유가 없다지만 대신에 인권이라는 이름으로 범죄자에게 권력이 인정되고 있다.

오죽하면 범죄자들 사이에서 교도소의 별명이 '학교'겠는가? 그 안에서 다른 범죄를 배워서 오기 때문이다.

"갱생이라……. 진짜, 뭐라고 할 수가 없네요."

지금까지 제대로 된 갱생이라는 걸 본 적이 없는 김승연에게는 충격적인 일이었다.

"그나저나 이번에 자네에게 어려운 사건이 들어왔다던데?"

"아, 그 사건 말입니까?"

"그래. 나도 봤네만, 가능하겠나?"

"글쎄요. 솔직히 쉽지 않습니다만……."

노형진은 김성식이 말하는 사건이 뭔지 알고 있었다.

분류 과정에서 '진짜 이건 어렵다.' 하는 사건은 노형진에게 많이 넘어오는데, 이번 사건은 노형진이 봐도 진짜로 어려운 사건이었기 때문이다.

"저도 이런 사건은 처음……이기는 해서……."

심지어 회귀 전 경험까지 다 털어도 이런 사건은 처음이었기에 방향조차도 잡을 수가 없었다.

"자네가 어렵다고 한다라……."

김성식은 노형진의 말에 어이가 없어서 헛웃음이 나왔다.

"어떻게 해서든 해 봐야지요."

노형진도 머리를 북북 긁는 것 말고는 답이 없었다.

임신 공격?

임신 공격.

보통 인터넷에서 인신공격을 잘못 쓴 거라고 비꼴 때 쓰는 단어다.

일반적으로 임신이라는 새로운 생명을 이어 간다는 숭고한 행동과 공격이라는 파괴적인 행동이 서로 어울리는 단어 조합은 아니기도 하다.

하지만 아주 드물게 임신 공격이 없는 건 아니다. 그리고 이 임신 공격은 방어가 드물다.

'그러고 보니 어떻게 된 일인지, 나도 이 임신 공격 사건은 한 번도 겪어 본 적이 없네.'

사건 자체를 모르는 건 아니다. 들어 본 적은 있다. 다만 노형진이 겪어 본 적이 없을 뿐.

그도 그럴 게 이런 사건이 벌어지는 경우는 아주 드물고, 그마저도 성공 확률이 엄청나게 낮기 때문이다.

하지만 성공하면 확실하게 인생을 바꿀 수 있게 된다.

"그러니까 관계한 건 인정하신다 이거죠?"

"네, 인정합니다. 하지만 그때 진짜 콘돔을 썼다고요. 미치겠네."

"아내분은 뭐라고 하던가요?"

"아내도 충격받았지요. 저도 미치겠습니다. 대체 왜 저한테 이런 일이……."

"이혼 이야기는 나오지 않았나 보군요."

"애초에 아내를 만나기 전에 터진 일이니까요. 하지만 이건, 와, 돌겠네. 애초에 일단 말도 못 붙인다고요. 지금은 친정에 가 있고……!"

눈앞에서 흥분을 감추지 못하고 방방 뛰는 남자.

미국의 메이저리그에서 성공한 강타자이자 동시에 투수이기도 한 주송도였다.

"흠……."

주송도에 대해서는 노형진도 알고 있다.

원래 역사에서 주송도라는 선수는 없었다. 하지만 마이스터의 인재 지원 정책으로 두각을 드러내서 결국 메이저리그에서 성공했다.

그런 그에게 난데없는 혼외 임신 사건은 심각한 문제였다.

"그래서 마이스터에서 누차 말씀드렸지 않습니까, 성공한 후에 조심해야 하는 건 입과 아래라고."

"저도 이런 일이 벌어질 줄은 몰랐습니다. 돌겠네."

"일단 이 문제에 대해서는 같이 이야기해 보죠. 이 상황에서 불리한 건 우리니까. 더군다나 미국 법원 사건이라 우리로서도 대응에 한계가 있습니다. 아시죠?"

"알고 있습니다. 그래도 어떻게 합니까."

주송도는 갑작스러운 상황에 다급히 마이스터에 전화해 드림 로펌을 소개받았다.

그리고 사건의 난이도가 아주 높다는 걸 직감한 드림 로펌에서 마침 주송도가 한국에 있다는 점을 감안하여 새론에 연락하도록 안내한 것이다.

"아니, 임신 공격이라니 이게 가능한 겁니까?"

"불가능한 건 아니죠. 실제 사례가 없는 것도 아니고."

노형진은 어깨를 으쓱했다.

"더군다나 인기 많은 스포츠 선수들은 이런 경우가 종종 있습니다. 아무래도 여자들이 엄청나게 붙으니까요."

임신 공격 사건은 미국에서 종종 벌어진다. 미국은 한국에 비해 성적으로 문화가 개방된 경우가 많고 또 인기 있는 스타는 여자들을 접할 기회도 많다.

그리고 스타가 여성 팬과 잠자리를 가지는 걸 한국처럼 심각하게 받아들이지는 않는다.

물론 그걸 외부에 드러내지 말아야 한다는 조건이 붙지만.

거기다 스포츠 선수들은 남성호르몬이 강한 경우가 많다.

"그러다 보니 여자들과 노는 일이 좀 잦은 게 사실이죠."

노형진도 메이저리그 선수들이 무슨 구도승처럼 좌선하고 기도문을 읊조리면서 성욕을 억누를 거라고는 기대도 하지 않는다.

"그러다 보니 이런 임신 공격 사건이 종종 있습니다."

물론 스포츠 선수들도 바보는 아닌지라 관계를 맺을 때 꼭 콘돔을 사용한다.

하지만 때때로 경험이 없는 사람들의 경우는 콘돔을 썼다고 완전 방심하는 경우가 있다.

그런데 상호 간에 동의했다지만 단순히 추억 또는 팬 이상으로서의 욕심이 있는 경우 상대인 여성은 선수가 생각지도 못한 짓거리를 한다.

콘돔에 바늘로 구멍을 낸다거나, 관계 이후 콘돔에서 정액을 꺼내 임신하는 데에 이용한다거나 하는 식으로 말이다.

한국인 입장에서는 뭔 말도 안 되는 짓거리냐고 할 수도 있다. 임신해서 아이를 낳는 순간 여자로서는 다시 결혼하기는 힘들어지니까.

"하지만 미국은 한국과 좀 다르죠."

한국이나 미국이나 혼외자라고 해도 일단 친자식이라면

양육비를 줘야 한다.

하지만 한국에서는 아이에 대한 정해진 양육비 이상은 줄 필요 없다.

아이에게 들어가는 돈만 인정하는 거지, 여성의 생활에 필요한 돈은 여성이 알아서 벌도록 하는 경우가 대부분이기 때문이다.

그에 반해 미국은 그런 경우 여성 보호가 엄청나게 강하다.

좀 독하게 말하면 이런 경우 재수 없으면 수익의 70% 이상을 털리는 수도 있다.

물론 많이 버는 만큼 그 정도로 비율이 높아지지는 않겠지만, 어중간하게 버는 사람들은 진짜 수익의 70%를 털리기도 한다.

"그러니까 임신 공격이라는 것은 여자에게 있어서 인생을 바꿀 수 있는 기회인 거죠."

주송도 정도 되는 선수와 관계를 가져 아이를 낳으면 매년 수십억의 돈이 굴러들어 오는 거다.

"그래서 한국에서는 이런 경우가 거의 없지만 미국에서는 종종 벌어집니다."

그래서 미국의 유명인들이나 성공한 사람들은 이성과 관계를 가질 때 철저한 규칙이 있다.

첫 번째, 직접 준비한 콘돔을 쓸 것.

여성이 준비한 콘돔을 쓰는 경우에는 콘돔에 바늘구멍이 나 있는 경우가 있을 수 있기 때문이다.

두 번째, 관계 이후에 뒷처리도 직접 할 것.

그 안에 있는 정액을 이용해서 임신하려고 하는 경우가 많기 때문이다.

문제는 그런 사건이 거의 없는 한국에서 자란 주송도는 그런 일을 전혀 예상하지 못했다는 거다.

"그나저나 진짜 운이 안 좋네요."

"그런 겁니까?"

"사실 이런 사건에 대한 시도가 종종 있지만 다 성공하는 건 아니거든요."

애초에 이런 행동은 성공 확률 자체가 무척이나 낮다.

그럴 수밖에 없는 게 일단 관계가 끝나자마자 바로 정액이든 콘돔을 가지고 튈 수는 없는 노릇이니 어느 정도 시간이 흐른 후에 임신 시도가 이루어지기 때문이다.

거기다가 이런 식으로 직접 임신을 시도하는 경우 정상적인 관계에 비해 들어가는 정액의 양이 훨씬 적다.

여성의 몸에 정액이 들어간다고 해서 무조건 임신하는 건 아니다.

애초에 남성의 정액도 이물질이라 여성의 몸속에 있는 대응 시스템에 의해 걸러지니까.

그런데 그런 낮은 확률을 뚫고 임신을 한다?

'엄청나게 운이 안 좋은 거지.'

하지만 그럼에도 불구하고 이런 사건은 계속 벌어진다.

한 번만 성공하면 인생이 바뀌니까.

심지어 미국의 모 유명 가수는 관계한 후에 임신 공격을 막을 목적으로 사용한 콘돔 내부에 캡사이신을 집어넣었는데, 상대방 여성이 진짜로 임신을 시도하다가 화상을 입어서 소송에 휘말리기도 했다.

"진짜 돌겠네. 그런데 진짜 제 아이일까요?"

"아마 맞을 겁니다. 이런 행동을 하는 여자라면 분명 노리는 게 있기 마련이거든요."

유전자 검사 기술이 발달한 이후에 상대방에 대한 유전자 검사만 하면 아이의 신분을 확실하게 알 수 있기 때문에 그걸 속이는 사람은 거의 없다.

애초에 유전자 검사를 동반하지 않는 주장은 법원에서 인정하지도 않는다.

"그러니까 아마 주송도 씨가 아버지가 맞을 겁니다. 그쪽에서 유전자 검사 결과도 같이 요구했다고 하니 상대방도 그걸 확신하고 있을 거고요."

"미치겠네."

"그러니까 문제인 거죠."

이런 사건의 문제가 뭐냐면 법원에서 중요시하는 건 유전자 결과라는 거다.

그러니까 언제 어디서 어떻게 만났는지는 중요한 게 아니다. 중요한 건 유전적으로 이어진 혈연이라는 거다.

"그리고 그런 경우, 100% 여성이 유리하죠. 대부분의 경우 양육권은 엄마가 가지고 가고요. 그런데 그게 문제입니다."

양육권을 가지고 온다면 굳이 여자에게 재산을 줄 필요가 없다.

정확하게 말하면, 반대로 여자가 남자에게 양육비를 줘야 한다.

"하지만 미국이든 한국이든 양육의 우선권은 대부분 어머니에게 있거든요."

이건 거의 절대적이라고 봐도 무방하다. 양육은 귀책사유의 문제도 아니니까.

여자가 바람을 피웠다거나 남자를 매도하면서 집안에 분란을 일으킨다고 해도 자녀 양육의 우선권은 여성이 가진다.

여성이 아니라 남성에게 양육권이 가는 경우는 어머니가 정신적으로 불안정하거나, 아이를 버리고 도망갈 정도로 양육 의지가 없을 때뿐이라고 봐도 무방하다.

"경제 능력의 경우도 재판부에서 그냥 양육비를 더 주면 된다고 판단해 버리는 경향이 강해서요."

"양육비를 더 준다고요?"

"네."

보통 이혼의 경우 남자가 여자에게 양육에 관해 문제 삼는 게 아이를 양육할 재정적 능력에 관한 부분인데, 일단 재판부는 그녀의 옛 직업 같은 건 상관없이 사지만 멀쩡하면 일할 수 있다고 생각해 버린다.

그마저도 힘들면 남자더러 여자에게 양육비를 더 주라는 식으로 취급하기도 한다.

"심지어 아이가 명백하게 아이엄마를 거부하고 아빠를 따라가겠다고 이야기했음에도 불구하고 양육권을 여자에게 밀어준 적도 있지요."

"미친! 아니, 왜요?"

"뭐, 꼰대들 대가리는 뻔하거든요."

판사로서 아이들은 엄마랑 있는 게 무조건 정서적으로 좋다고 생각하는 거다.

물론 정상적인 경우에는 틀린 말이 아니다. 아무래도 엄마가 더 정서적으로 캐어해 주면 아이들은 좋다.

하지만 그런 상식을 기반으로 비상식적인 상황에서도 그렇게 판단하다 보니 아이들의 상황이 비참해지는 거다.

"이 상황에서 가장 좋은 방법은 아이의 양육권을 가져오는 겁니다."

"양육권을요?"

"애초에 친자 관계 부존재 소송은 못 이기니까요."

저쪽도 유전자 검사까지 요구하면서 소송을 시작한 이상 아이가 이쪽의 아이라는 확신이 있다는 것이니, 그 상황에서 친자 관계 부존재 소송을 해 봐야 패배는 확실하다.

"하지만 아이의 양육권을 이쪽에서 가지고 온다면 이야기가 달라지죠."

"하지만 아까 대부분 애엄마가 가지고 간다고……."

"맞습니다. 그게 중요한 거죠."

그걸 알기에 이런 임신 공격이 이루어지는 거다.

"그리고 법원도 그걸 알고 있고요."

"네?"

"임신 공격 사건에 대해서 법원에서도 모르지는 않습니다. 다만 증명의 문제죠."

이게 임신 공격인지, 아니면 진짜 단순 하룻밤의 불장난인지, 그도 아니면 이루어지지 못한 사랑의 결말인지 법원은 알 수가 없다는 거다.

그나마 이루어지지 못한 사랑의 결말이라면 이쪽에서 증명이라도 쉽겠지만, 그냥 하룻밤의 불꽃놀이라면 그걸 이유로 관계를 부정할 수도 없다.

어찌 되었건 자식은 자식이고 자신의 행동에 책임지라는 게 법원의 판단이니까.

"그러면 제가 애를 키워야 한다는 겁니까?"

"네."

"하지만 저는 이미 결혼을 했는데요."

노형진은 그 말에 어깨를 으쓱했다.

"어쩔 수 없습니다. 마이스터에서 왜 계속 관계를 조심하라고 교육했겠습니까? 시간이 남아서 그런 게 아닙니다."

"끄응……."

"아내분을 설득하시든 아니면 이혼 후에 혼자 양육하시든, 그건 저희가 어떻게 해 드릴 수 있는 부분이 아닙니다. 중요한 건 아이를 양육하셔야 그나마 돈은 안 뜯길 거라는 겁니다. 차라리 이 상황에서는 이혼하시는 게 나을 수도 있고요."

"이혼을 하라고요?"

"아이가 생긴 상태에서 이혼하시면 양육비가 두 배입니다만?"

그 말에 주송도의 얼굴이 핼쑥해졌다.

"그러니까 아내분이랑 이야기를 해 보세요. 저희도 방법을 알아볼 테니까요."

주송도는 그 말에 고개를 푹 숙였다.

⚖️

"와, 이거 어떻게 해결하라는 건지 답이 안 보이는군."

김성식은 진심으로 그렇게 말했다.

어려운 사건이라는 이야기는 들었다. 그리고 한국 법원의 사건이 아니라 미국 법원의 사건이라는 소리도 들었다.

하지만 진짜로 이렇게 난이도가 높을 줄은 몰랐다.

"실제로 미국에서는 이런 행동에 당해서 양육비를 주는 유명인들이 적지 않습니다."

"그런데 왜 못 들었지?"

"창피한 일이니까요. 그러다 보니 아무래도 쉬쉬하죠. 실제로도 합의할 때 비공개로 할 것을 요구하기도 하고요."

"끄응…… 그 말은 미국 내에서도 이 사건과 관련해서 이기기 힘들다는 거군."

"맞습니다. 사실상 유전자라는 강력한 무기가 저쪽에 있으니까요."

친자 관계를 부정하는 것은 불가능하다. 그러다 보니 대부분의 재판에서 결국 남자가 지고 막대한 양육비를 제공하게 된다.

"그러면 우리는 어떻게 해야 하나?"

"일단 이럴 때 그나마 가능한 해결 방법은 양육권을 빼앗아 오는 것뿐입니다."

"양육권을 빼앗아 오는 게 가능할까?"

일반적인 법원의 판단이 어떤지 알고 있는 김성식은 고개를 갸웃했다.

"쉽지 않을 겁니다. 그걸 해내기 위해 넘어야 할 고비가 한두 개가 아니니까요."

첫 번째 고비는 상대방 여성이 처음부터 주송도의 아이를 임신할 목적으로 수작을 부렸다는 걸 증명해야 한다는 거다.

하지만 그 현장에서 있었던 일은 그 여자만이 안다. 그런 상황에서 그걸 증명하는 건 절대 쉽지 않다.

두 번째로 그녀가 아이를 키우기에 부적당하다는 걸 증명해야 한다.

단순히 감정적으로 올바르지 않다는 게 아니라 아이의 미래에 심각하게 부정적이라고 인정되어야 양육권을 아버지에게 줄 거다.

세 번째는 주송도가 아니라 그의 아내가 결정해야 할 문제다. 아무리 주송도가 결혼 이전에 만나서 관계를 맺은 사이라고 해도 결국 남의 아이를 데려와서 키워야 하는데, 아내 입장에서 쉬울 리가 없다.

"만일 끝끝내 아내분을 설득하지 못하면 그때는 주송도 씨가 이혼하든가 하는 수밖에 없죠."

아내가 아이를 데려갔다가 키우기 싫다고 보육원에 보낸다거나 할아버지 할머니에게 맡겨 버리면 그때는 상대방 여성이 다시 아동 학대를 이유로 양육권을 요구할 텐데, 그런 경우 무조건 여성에게로 다시 양육권이 넘어간다.

"그동안 수많은 사람들이 임신 공격에 당했지만 대부분 합의로 끝난 이유가 이겁니다. 이기는 게 사실상 힘들거든요."

"그런데 이걸 어떻게 하겠다고?"

"일단은 두 가지 방향으로 갈 겁니다."

어차피 합의는 계속 진행되어야 한다. 그건 미국에 있는 드림 로펌에서 알아서 진행할 거다.

"하지만 동시에 그녀가 어떻게 이런 일을 할 수 있었는지 알아야지요."

"어떻게 만났는지가 관건이군."

"파티에서 만났다고 하더군요."

"파티? 미국식 파티 말인가?"

"아십니까?"

"뭐, 나도 참가는 해 봤네. 거기에서 만났다고 하면 법원에서 제대로 인정할 것 같은데?"

"그 부분에 관해 좀 확인해 봐야 할 겁니다."

"무슨 소리야?"

"파티걸이라고 하지 않습니까? 그런 여자가 아닐까 합니다."

미국에는 여러 가지 종류의 파티가 있다. 특히 야외에서 벌어지는 파티에는 여러 부류의 사람이 찾아온다.

"거기에 여자들이 많이 오기는 하지만 그렇다고 해도 충분한 만큼은 아니거든요."

보통 그런 파티에 오는 여자들은 세 가지 타입이다.

초대 대상.

그리고 파티 소식을 듣고 찾아오는 인플루언서들.

마지막으로 개최자가 개인적으로 부르는 사람들.

"뭐야? 뭐가 그렇게 복잡한가? 뭐가 다른데?"

노형진은 그 말에 머리를 긁적거렸다.

하긴, 파티를 겪어 보기만 하고 그걸 개최해 보지 않은 사람들은 잘 모를 테니까.

노형진이야 회귀 전에 나름 성공해서 미국에서 파티도 열고 그랬다. 물론 나중에는 모든 걸 접고 한국으로 들어왔지만.

"첫 번째 초대자들은 말 그대로 그 파티의 주역이죠. 선수들끼리 하는 파티라면 아내라든가, 아니면 딸이라든가 하는 식으로 말이죠."

그러니까 파티의 실질적인 초대 대상으로, 이에 해당될 경우 파티의 주체자가 먼저 참가 의사를 물어본다.

"두 번째, 그러니까 인플루언서는 보통 파티걸이라고 합니다."

파티를 좋아하고 파티에서 노는 걸 좋아하는, 한국으로 치면 인싸 같은 존재다.

"이런 사람들은 파티 소식이 있으면 주최 측에다가 자기도 참가하고 싶다고 의사를 전달하지요. 그러면 주최 측에서 그 사람에게 파티 초대장을 발송하는 거죠."

파티라는 게 떠들썩할수록 좋은 거고, 특히 젊은 세대에게는 그런 파티가 주류다.

당연히 그런 인플루언서들이 있으면 분위기를 띄워 주기도 하고, 또 나름 유명한 사람들이다 보니까 서로 어울려서 새로운 인연을 만들기도 한다.

다만 그런 사람들은 파티 자체를 좋아하는 거지 파티에서 굳이 다른 사람의 취향에 맞춰 주면서 분위기를 띄워 줘야 하는 존재는 아니다.

"인플루언서들은 부족함이 없습니다. 그러니까 어울리려고 오는 거지 분위기를 띄울 생각은 그다지 없지요."

"띄워 준다며?"

"자기가 잘 노는 것과 파티 분위기 자체를 띄우는 건 좀 다르거든요."

인싸가 사람을 대하는 게 능숙하기는 하지만 그렇다고 해서 모든 분위기를 좌지우지하는 건 아니니까.

"마지막으로 초대가 아니라 호출하는 건 여성 직원을 단기 고용한다는 느낌에 가깝습니다."

"단기 고용?"

"어…… 음, 뭐라고 표현해야 하나……. 아, 그 미드 같은 데서 파티 할 때 비키니 입고 풀장에서 노는 사람들 보셨죠?"

"봤지."

"그런 사람들이죠. 파티 참가자는 그런 비키니를 입고 오지 않으니까요."

"아, 무슨 소리인지 알겠네."

파티에 참가해서 여유를 즐기러 오는 여자들이 비키니를 입고 올 리가 없다.

인플루언서들이야 사람마다 다르지만 보통은 남들과 교류를 하고 싶어 하지, 수영장에서 그렇게 놀고 싶어 하진 않을 거다.

"그런 여자들은 보통 분위기가 딱딱해지기 쉬운 파티의 브레이크 역할을 함과 동시에 윤활유 같은 존재죠. 그, 남자들끼리 파티 해 보셨죠? 어때요?"

"그거야…… 술로 시작해서 술로 끝나지."

남자들끼리 파티를 한다? 일단 고기 굽고 술을 마시기 시작한다. 그럼 그 후에는?

술을 마신다. 그리고 마지막으로 또 술을 마신다.

새벽쯤 되면 이게 사람인지 술인지 개인지 알 수 없을 정도가 된다.

"그런 건 미국도 마찬가지거든요."

남자들끼리 즐기는 최고의 파티는 바비큐와 맥주다. 실제로 그런 파티가 종종 벌어지기도 하고.

"그런데 그렇지 않은 파티에서는 누군가 그런 분위기를 컨트롤해 줘야 합니다."

"그걸 하는 게 인플루언서라며?"

"만일 남자들끼리 술 마시는 파티가 있다면 과연 인플루언서들이 올까요?"

"하긴, 안 오겠네."

술에 취하면 실수하는 사람이 나오기 마련인데, 여성 인플루언서들은 그런 술 취한 놈들의 성희롱 대상이 될 가능성이 높아진다.

"하지만 남자라는 인간은 여자들이 많으면 의외로 브레이크가 걸리는 경우가 많습니다."

특히 예쁜 여자들이 많을수록 술에 취하지 않도록 정도껏 마시려고 한다.

"그런 경우에는 누가 술에 취해서 실수해도 컨트롤하기 쉽고요."

누군가 술에 완전히 취해서 성희롱을 한다 해도, 술에 취하지 않은 사람이 즉각 제지하고 피해자에게 사과한 뒤 취한 사람을 방에 던져 넣어 재워 버리든가 아니면 집으로 보내 버린다.

"아…… 난 영화 속의 그런 장면에서 그냥 눈요기로 그러는 줄 알았는데."

"뭐, 그렇게 오해하는 분들도 분명 있기는 하죠. 하지만 상류사회 파티는 그렇게 쉽게 결정되는 게 아니라서요."

그런 파티를 한 번 하는 데 들어가는 돈이 만 달러 단위를 가볍게 뛰어넘는데 누군가 술에 취해서 분위기를 파투 내는 걸 놔둘 사람은 없다.

"그런데 그거랑 이번 사건이 무슨 관계가 있단 말인가?"

"아, 그게요. 그런 곳에 종종 매춘업을 같이 하는 사람들이 참가하거든요."

이것이 법이다

"뭐?"

그 말에 김성식은 깜짝 놀랐다.

"딱히 비밀도 아니지만요."

일반적으로 그런 아르바이트를 하는 사람들은 대학생 또는 모델 등이다.

딱히 성적인 곳도 아니고, 적당히 파티에 가서 자기들끼리 수다를 떨고 놀아도 뭐라고 하지 않고, 그런 수준의 파티쯤 되면 남자들이 더럽게 질척거리지도 않는다.

거기다 그런 곳에서 나오는 술은 상당히 고가인 경우가 많고, 종종 그런 곳에서 만난 게 인연이 되어서 교제를 시작하는 경우도 있다.

말 그대로 존재 그 자체로도 일이 끝나는 파티인 경우가 대부분이고 딱히 색안경을 끼고 볼 만한 일도 아니기에 의외로 그런 아르바이트를 하는 경우가 많다.

"하지만 아르바이트는 아르바이트거든요."

그런 여자들을 고를 때 최우선 면접 조건은 과거의 직장이나 현재 직장이 아닌 외모다.

"미국에서도 상위 콜걸들이 이런 파티에 나가는 건 딱히 비밀도 아니고요."

일종의 영업을 할 수도 있고, 모든 파티가 그렇게 멀쩡한 것도 아니다.

종종 아주 농밀하고 음란한 파티가 벌어지는 경우도 있으니까.

"그런 파티에 갔다고 생각하는 건가?"

"아니요. 제 생각에 그렇지는 않습니다. 아마도 일반 파티에서 만난 것 같습니다."

"뭐? 어째서?"

"미국에서 그런 곳에 여자들을 파견하는 조직은 의외로 조심합니다."

미국에서 매춘은 불법이다. 아무리 영화에 많이 나오고 드라마에서 성적으로 개방되었다고 떠들어도 결국 불법은 불법이다.

그랬기에 이런 파견 업무를 하는 사람들의 경우는 폭력 조직과 연관된 경우가 많다.

"그런 곳에서 이런 문제를 일으키면 가만두지 않습니다. 아마도 개인적으로 뛰는 아르바이트라고 생각합니다."

단순 파티걸을 보내는 업체 입장에서는 외모만 보고 결정하니까.

"실제로도 이런 사건은 대부분 그런 파티에서 벌어지죠."

아무리 단순 파티라고 해도 술을 마시면 판단력이 흐려지는 건 당연한 일이다.

그리고 파티를 하는 입장에서 막고자 하는 건 술에 취해서 실수하는 사람들이지, 자기들끼리 합의하고 관계를 가지는 것까지는 안 막는다.

이것이 법이다

'실제로 대저택을 파티장으로 많이 빌리는 이유가 바로 그거지.'

방이 많으니까 거기서 의외로 술에 취해서 하룻밤을 보내는 사람들이 있기 때문이다.

"그런 곳에 처음 간 주송도라면 아마 혹 갔을 것 같은데요."

"하긴, 그런 낯선 분위기가 사람을 고양시키기는 하지."

"맞습니다."

영화에서나 보던 화려한 파티. 그리고 그런 곳에 초대되어서 간 자신의 신분.

당사자 입장에서는 자신이 성공했다는 사실을 확실하게 느끼는 순간이다.

미국인조차도 그런 파티에 처음 초대되면 그런 생각에 강한 고양감을 느끼는데, 그런 문화를 겪어 본 적도 없는 주송도는 아마 장난 아니게 고양감을 느꼈을 거다.

그리고 아마 그곳에서 누군가에게 노려졌을 테고.

"그러면 가능성은 일단 두 가지입니다. 원래 그런 곳에서 표적을 노리던 콜걸이든가, 아니면."

"아니면 그냥 한 방을 노리던 개인적 범죄자라는 거군."

김성식의 말에 노형진은 고개를 끄덕거렸다.

"하긴, 그건 확실히 해야겠군."

상황에 따라 대응책이 달라진다.

만일 개인적인 접근이라면 해결이 생각보다 쉬울 수도 있다. 하지만 계획적으로 조직에서 접근한 거라면 그건 진짜 상황이 곤란해진다.

　"보통 개인적인 접근은 양육권을 넘겨받는 조건으로 해결되어 버리거든요."

　왜냐하면 아이에 대한 애정 없이 돈을 받아서 자기 인생을 살고 싶어 하기 때문이다.

　"하지만 후자라면 비용도 그렇고 장기적으로 돈을 뜯어내는 방향으로 갈 겁니다."

　"그게 가능한 범죄라고 생각하나?"

　"불가능한 건 아니죠. 범죄는 부지런하다, 아시지 않습니까?"

　"하긴, 그건 그래."

　법률계에서 쓰는 관용구는 여러 가지 있는데, 그중 하나가 바로 '범죄는 부지런하다.'라는 거다.

　이 말은 법률계는 정해진 근무시간을 지키지만 범죄자는 그러지 않는다는 것을 의미하기도 하지만, 범죄자가 매번 새로운 방식의 범죄 수단을 찾는다는 걸 의미하기도 한다.

　"확실히, 불가능한 건 아니지."

　"그러니까 일단 그 부분부터 확인하는 게 좋을 것 같습니다."

　"어떻게?"

"미국이니까 일단 병원을 찾아보는 게 좋을 것 같습니다. 미국의 병원비가 한두 푼이 아니니까요."

"확실히 시작으로는 나쁘지 않군."

노형진의 말에 김성식은 고개를 끄덕거렸다.

"다만 이건 미국에서 알아서 해야 할 문제라서요."

노형진은 눈을 찡그리며 말했다.

⚖️

노형진의 이야기를 들은 하이드 맥핀은 확실히 그럴 가능성이 크다고 생각했다. 그 역시 유명한 변호사가 된 후에 이런저런 파티에 많이 다녔으니까.

그리고 드림 로펌의 대표가 된 후에는 인맥을 위해 파티를 열기도 했다.

-그래서 그 당시의 파티 플래너가 누구입니까?

"조슈아 링컨입니다. 플라워 컨설팅이라는 플래너 업체를 운영하고 있고 보통 결혼과 파티를 컨설팅하더군요."

보통 그런 파티는 누가 준비할까?

당연하게도 당사자는 준비하지 않는다.

그 정도 파티를 주최할 만한 사람은 시간이 돈이고, 애초에 주최해 본 적도 없는 파티를 준비하는 게 쉽지 않기 때문이다.

그래서 그런 파티를 할 때는 모든 준비를 소위 파티 플래너라고 하는 전문 업자에게 맡기는 편이다.

　당연히 파티걸을 부르는 것 역시 그런 사람들의 책임이다.

　─조슈아 링컨? 처음 들어 보는군요.

　노형진은 그 말을 듣고는 고개를 갸웃했다. 아는 사람이 아니니까.

　물론 그가 모든 파티 플래너를 아는 건 아니지만 말이다.

　"최근에 뜨고 있는 플래너입니다. 특히 스포츠 선수들 사이에서 알음알음 뜨고 있습니다."

　─그쪽에서는 뭐라고 하던가요?

　"네, 그쪽에 확인해 보니까 예상대로더군요. 아르바이트로 불렀는데, 딱히 선이 있어서 부른 건 아니라고 합니다."

　그런 일을 하는 사람들은 개인 홈페이지를 가지고 있는데, 그곳에 참가자를 모집한다고 올리면 사진과 프로필이 들어온다고 한다.

　일단은 기존에 등록한 사람들에게 연락해서 참가 가능성을 물어보고, 그래도 숫자가 맞지 않으면 그때 불러온다고.

　─그래서 그 리지라는 여자, 새로 온 사람이다 이건가요?

　"그건 아닙니다. 오래전부터 여러 파티에 참가했던 사람이라고 합니다."

　그 말에 노형진은 침묵을 지켰고, 하이드 맥핀은 조용히 화면을 보며 노형진의 말을 기다렸다.

한참을 생각하던 노형진이 조심스럽게 입을 열었다.

-혹시 그 사람이 참가한 파티에 대한 정보를 얻을 수 있습니까?

"그거야 받을 수 있을 겁니다. 그쪽도 곤혹스러워하는 상황이라서요."

이런 사건이 터지면 그 여자를 부른 회사의 평판도 떨어질 것이다. 그런 경우 회사에 치명적인 문제가 될 수 있다.

-참가한 파티를 확인해 보세요. 아마 기회를 노린 것 같은데, 참가했던 파티들 중에 수위가 높은 파티들이 좀 있을 겁니다.

"하지만 그것만 가지고는 증거가 되지 않는데요."

-네. 하지만 의심은 할 수 있죠. 수위가 높은 파티에 가는 인플루언서들이 많지는 않으니까요.

"하긴, 그건 그렇지요."

수위가 높은 파티들, 그러니까 단순히 존재 자체로 분위기를 띄워 주는 정도가 아니라 상황에 따라서는 관계도 생각할 정도의 끈적한 파티의 경우 단순 아르바이트로 활동하는 학생들이나 모델들은 기피한다.

일단 그런 곳에 가면 성희롱의 대상이 된다는 걸 알기 때문이다.

그래서 그런 곳에 가는 사람의 경우는 높은 확률로 매매춘을 같이 하는 사람일 가능성이 크다.

물론 당사자끼리 합의에 의해 하는 것이니만큼 처벌할 수도 없고, 파티에 참석했다는 이유로 양육권을 빼앗을 수는 없지만.

　-관련 자료는 나온 게 없습니까?

　"애석하게도 없습니다. 상위 콜걸들의 세계는 워낙 조용히 움직이니까요."

　존재는 하지만 접근하기가 쉽지 않다.

　물론 이쪽에서도 아는 라인이 있어서 알아봤지만 애석하게도 리지에 대한 정보는 없었다.

　-협상의 상황은요?

　"좋지 않습니다. 리지 측 변호사는 양육비로 총수익의 60%를 요구하고 있습니다. 그리고 별도의 배상금으로 현재 1천만 달러를 요구하고 있고요."

　-미쳤군요.

　이제야 메이저리그에 들어간 사람에게 천만 달러가 있을 리가 없다.

　물론 메이저리거로서 성공하면 그 정도야 벌겠지만, 상식적으로 이제 막 메이저리거가 된 사람에게 120억 원에 달하는 돈이 있겠는가?

　"애초에 그걸 목적으로 접근한 사람이니 그러는 걸 겁니다. 저희의 판단으로는 일단 양육비로 지금은 60%를 요구하지만 나중에는 40% 정도로 낮출 것 같습니다. 다만 1천만 달러 부분은 포기할 생각이 없어 보이는군요."

-뭐, 어쩔 수 없지요. 불리한 건 우리니까요. 하지만 의심스럽군요. 그 정도로 무리해서 돈을 요구할 이유가 보통은 없는데 말이죠.

만일 진짜 사랑으로 만나서 교제한 거라면 임신 시점에서 한 번이라도 주송도에게 연락이 왔어야 한다.

하지만 그게 아니라 아이를 낳고 나서야 연락이 왔다.

주송도의 개인적인 연락처를 몰랐다고 해도 말이 안 되는 게, 주송도는 메이저리거다. 당연히 팀에 전화하면 당장 팀의 발등에 불이 떨어지게 되는 거다.

즉, 접촉을 못 한 게 아니라 접촉을 하지 않은 거다.

그러한 행동이 이 모든 게 리지가 임신 공격을 노렸을 가능성이 높다고 이야기하고 있었다.

'임신이라……. 임신……. 돈……을 노린 임신.'

만일 진짜로 이런 방식이 범죄로 발전한 거라면 어느 정도는 이해가 가기는 한다.

양육비야 나중에 나올 돈이고, 지금 범죄를 같이 저지른 놈들에게 줄 돈이 있어야 할 테니까.

'알아보는 방법은 하나뿐이지.'

-그 리지라는 여자가 출산을 어디서 했습니까?

"일단 출생 기록에 따르면 디어스 카운티에 있는 벨라 병원에서 했습니다."

-보험은요?

"보험요?"

-네, 보험 말입니다. 미국의 의료보험은 결코 싸지 않을 텐데요?

"흠…… 확실히 그건 알아보지 않았습니다."

-제 기억이 맞다면 우리가 가진 병원 중에 벨라 병원이라는 곳은 없었습니다만?

인디언 자치구에서 시작된 병원들은 전국으로 퍼져 나갔다. 그리고 막대한 수익을 내고 있다.

하지만 아무리 노형진이라고 해도 미국의 모든 병원을 구입할 수는 없다.

당연히 여전히 많은 병원과 의료 기업들이 운영 중이고 그곳들은 하나같이 엄청나게 비싸다.

-리지라는 여자가 직업이 없는데 의료보험이 될까요?

"그럴 리가 없는데요……. 그러네요. 말이 안 되는군요."

미국의 병원에서 아이를 낳으면 억 단위의 병원비가 나온다.

그리고 리지는 임신 기간 중이었고 원래 직장이 있었던 사람도 아니니 당연히 보험도 없다.

워낙 보험료가 비싸기 때문에 미국에서 최고의 복지는 보험이다.

심지어 미국에서는 이런 사건도 있었다.

한 야구 선수가 성적 하락으로 방출 위기에 몰리자 사정을 알아보다 딸이 소아백혈병에 걸렸다는 걸 알았다.

그런데 그 사실을 들은 구단에서 그 선수를 위해 성적과 상관없이 방출을 무기한 보류한다고 발표했다.

방출하면 의료보험이 끊어지기 때문이다.

그러자 언론에서 그 사실을 대서특필하고 팬들이 칭찬했다.

그 정도로 미국에서 의료보험은 생명이 달린 문제였다.

"흠…… 보험은 생각해 본 적이 없는데요."

─그러니까요. 보험이 없었다면 1억에 달하는 병원비를 현금으로 냈다는 건데, 글쎄요? 1억이나 되는 돈을 낼 만큼 그 리지라는 여자가 돈이 많은가요?

"그렇게는 보이지 않습니다."

하이드 맥핀은 고개를 끄덕거렸다.

지금 확인한 리지의 주소지는 시내의 저가형 아파트다.

그런 곳에서 살면서 1억을 낼 수는 없다.

오죽하면 미국에는 여전히 산파가 있다.

한국에서는 산파라는 직업은 사라진 지 오래고, 애초에 현대의 산파라고 할 수 있는 조산사 자격증은 간호사만이 딸 수 있다.

모든 여성이 기본적으로 병원에서 케어받고 병원에서 출산이 가능하기 때문이다.

하지만 미국은 그렇지 않은데, 일단 병원비가 너무 비싼

데다가 출산하러 가는 시간도 오래 걸리는 경우가 많기 때문
이다.

한국도 시골은 출산할 수 있을 정도의 시설을 갖춘 산부인
과 병원이 점점 줄어들어서 아이들의 생존 확률이 중국만큼
이나 낮아졌다고 난리인데, 돈이 안 되는 미국의 시골은 애
를 낳기 위해 이틀은 가야 하는 경우도 있기 때문에 산파라
는 존재가 있다.

물론 정식으로 인정받은 건 아니지만 그래도 알음알음 활
동한다.

─일단 병원비가 얼마나 나왔는지부터 알아보세요. 지난
번에 듣기로는 미혼에 무직이라던데, 보험도 없을 텐데 그런
돈을 냈다는 건 말도 안 됩니다. 아마도 누군가 뒤에 있을 것
같군요. 부모님하고 연락은 되었나요?

"아니요. 부모님은 누구인지도 모르겠습니다. 정보를 주
질 않네요."

─그러면 부모와는 연을 끊었을 가능성이 높군요.

"그렇겠지요."

아무리 미혼인 자식이 아이를 낳았다지만 그래도 친딸이
다. 부모라면 한 번은 찾아와야 정상이다.

하지만 기록에 따르면 아직도 부모라는 존재가 등장하지
않았다.

더군다나 이런 일이라면 일단 부모가 주송도를 만나 보고

싶어 해야 한다. 어찌 되었건 손녀의 아버지가 아닌가?

연락처가 없는 것도 아닌데 부모가 여전히 등장하지 않았다는 것은, 반대로 말하면 이번 사건에 관해 부모가 모를 가능성이 크다는 거다.

－일단 그 부분을 확인해 보세요.

"알겠습니다."

하이드 맥핀은 고개를 끄덕거리고 통화를 끊었다. 그리고 바로 자리에서 일어났다.

"대표님이 직접 가시려고요?"

"가 봐야지. 이게 얼마나 큰 건인지 몰라서 그래?"

"하긴, 그건 또 그러네요."

물론 사건 자체는 크지 않다. 그리고 수임료 자체도 높지 않다.

하지만 이런 임신 공격은 미국의 유명인들이라면 몇 번이고 당하는 일이고, 실제로 그로 인해 재산을 어마어마하게 털리는데도 불구하고 별 뾰족한 방법이 없어서 갈취당하는 상황이다.

"그런데 이걸 이겨 봐. 미국의 유명인들이 어디로 가겠느냐고."

연예인들, 스포츠 선수들, 정치인들, 기업인들과 명문가들.

스스로 잘 컨트롤하는 사람도 있지만, 그러지 못하는 사람이 더 많다.

"하긴, 오죽하면 자기가 싼 콘돔에 캡사이신을 들이붓겠어요?"

정상적인 사람이라면 그런 생각은 하지 않는다. 하도 지긋지긋하게 당하다 보니 그런 행동을 하는 거다.

"그러니까 직접 움직여야지. 이건 우리 드림 로펌의 성장의 기회라고."

그들을 구해 줄 수 있다면 그들은 드림 로펌의 손님이 될 테니 드림 로펌이 크게 성장할 수 있는 기회가 된다.

"하지만 추적이 쉽지 않을 텐데요. 이걸로 추적하긴 불가능할 것 같은데."

"걱정하지 마. 이미 리지 던컨에 대해서는 다 알고 있으니까."

그녀가 일하던 곳을 추적하는 건 어렵지 않았다.

그리고 그곳 어딘가에 접점이 있을 거라고 노형진이 말했다.

"아마 추적하면 뭐든 나올 거야."

그리고 그게 역습의 시작이었다.

출생한 병원에 도착해서 질문했을 때 돌아온 답변은 단호했다.

"누가 비용을 지불했는지 알려 드릴 수는 없습니다. 영장을 가지고 오세요."

이런 정보를 섣불리 제공하면 나중에 보복 소송을 당한다는 걸 알기에 벨라 병원의 변호사는 단호하게 선을 그었다.

"누가 줬는지는 알고요?"

하지만 노형진 아래에서 일을 배운 능력 좋은 사람인 하이드 맥퀸에게 시골 병원에서 일하는 그저 그런 실력의 변호사의 속을 떠보는 건 일도 아니었다.

"무슨 말입니까?"

"현금으로 낸 돈인데 그걸 받을 때 신분 확인 안 하셨잖습니까?"

그 말에 병원의 변호사는 눈을 찡그렸다.

"하지만 CCTV는 여전히 보관 중이지요. 절대 못 드리니까 영장 가지고 오세요."

"알겠습니다. 하여간 그거 선불리 지우지 마세요, 한 패거리로 엮이기 싫으면."

"그건 따로 확보해 두도록 하겠습니다. 영장부터 가지고 오시죠."

두 사람의 대화는 오래 걸리지 않았다. 하지만 그것만으로도 하이드 맥퀸은 많은 걸 알 수 있었다.

"현금으로 낸 거 확실하지?"

"네."

"병원비가 대충 얼마라고?"

"9만 5천 달러 정도 된다고 합니다."

"현금으로 9만 5천 달러를 들고 다니는 사람이 있나?"

"없죠."

같이 온 변호사는 말도 안 된다는 듯 어깨를 으쓱하며 말했다.

"무서워서 누가 그걸 들고 다닙니까?"

미국에서 들고 다니다 누군가의 눈에 띄기라도 했다가는 머리통에 구멍이 나고도 남는 돈이다.

이것이 법이다

도박장에서 수천 달러를 딴 사람이 그 순간을 목격한 강도에게 그날 저녁에 살해당하는 판국인데 9만 5천 달러, 한화로 1억 1,300만 원이 넘는 돈을 들고 다닐 미친놈은 없다.

　"보통은 카드나 자기앞수표로 결제하죠."

　"그런데 아까 들었지? 현금으로 결제했다고 떠보니까 낚이는 거."

　"네."

　"노형진 변호사님 말이 맞는 것 같군."

　노형진은 분명 그랬다, 뒤에 누군가 있을 거라고.

　"하긴, 성공만 한다면 어마어마한 돈이 생기니까 투자해 볼 만한 일이지요."

　더군다나 실패 확률도 낮다.

　아이가 생기기 전에 돈을 투자한다면 대부분 실패하겠지만, 아이가 생긴 후에는 아이를 생존시키고 키우는 것만으로도 충분하다.

　출생할 때 적지 않은 돈이 들겠지만, 성공해서 받게 될 수백만 달러에 비할까?

　"와, 이거…… 진짜 처음 접한 범죄 타입 아닙니까?"

　이야기하던 변호사는 사색이 되었다.

　"그러겠지. 이거 참, 뭐라고 해야 할지 모르겠군."

　납치도 아니고, 그렇다고 협박이라고 보기도 힘들다. 분명 애가 태어난 건 사실이니까.

그러니 처벌하기도 애매하다.

현행법상 적용하기 힘든 부분이 있는 것이다.

"더군다나 이런 사건은 판례도 없고 말이지."

"없죠. 대부분 판례는 남자 측 패배로 되지 않습니까?"

"그러니까."

한국은 성문법 국가다.

국회에서 법을 만들면 그대로 적용하는 거다. 그래서 법에 없는 일은 처벌하지 못한다.

그에 반해 미국은 판례법 국가다. 법원에서 판례가 나오면 그걸 법처럼 적용한다.

서식화된 법이 없는 건 아니지만 그건 판단의 근거일 뿐이지 한국처럼 아예 처벌을 못 하는 건 아니다.

"그리고 지금까지 이런 사건의 판례는 모두 패배였죠, 아마?"

"그래, 그랬지."

그래서 대부분의 사람들은 모두 합의를 통해 막대한 돈을 주고 입을 막아 왔다.

"그런데 뒤에 누군가 있다면?"

"와, 소름 돋네, 진짜."

더군다나 한 번만 받는 것도 아니다.

일단 소송에 들어가서 막대한 돈을 주는 건 둘째 치고 양육비는 따로 줘야 한다.

"하지만 그건 어디까지나 뒤에 누가 있다는 걸 증명할 때의 이야기잖아요. 이거 영장 안 나올 텐데."

"그게 문제야."

영장이 나올 가능성이 높지 않다.

아이를 낳는 것도, 그 병원비를 현금으로 내는 것도 위법은 아니니까.

물론 그들이 짜고 돈을 뜯어낼 목적으로 출산한 거라면 위법성이 있지만, 그러기 위해서는 애초에 누가 이걸 계획한 건지부터 알아야 조사할 수 있다.

"완전 닭이 먼저냐 달걀이 먼저냐잖아요?"

부하 직원의 말에 하이드 맥핀 역시 고민이 깊어졌다.

"일단 보고하고 나서 상황을 알아봐야겠어."

그것 말고는 답이 없었다.

⚖

"역시나 그렇군요."

하이드 맥핀의 보고에 노형진은 턱을 문질렀다.

"하긴, 이걸 불법적으로 볼 만한 요소는 없죠."

─아무래도 같이 일하던 패거리일 가능성이 높겠지요?

"그럴 가능성이 높습니다."

불법적인 성매매를 하던 놈들이라면 일단 범죄자 집단일 테니까.

"하지만 추적이 불가능해서 문제군요."

노형진은 하이드 맥퓐의 이야기를 들으면서 눈을 찡그렸다.

'미국에 갈 수 있으면 좋겠는데.'

아직 제대로 방역이 풀린 게 아니라서 미국에 가서도 뭘 할 수 있는 게 없다.

그나마 백신이 나온 이후로는 백신 접종자들은 격리하지 않는다지만 그것도 미래의 이야기다.

'그러고 보니 백신 연구가 얼마나 진행되었는지 모르겠군.'

이미 병을 알고 있던 노형진이라 그걸 예상하고 관련 연구에 어마어마한 돈을 들이부어 왔다. 그리고 어느 곳보다 빠르게 시료를 확인했고 말이다.

'일단 그 부분에 대해 알아봐야겠어.'

연구에 부담이 될까 봐 그동안은 크게 알아보려고 하지 않았지만 상황이 상황인 만큼 조금은 재촉해야 할 것 같았다.

"다른 쪽으로는 어떤가요?"

-일단 리지 던컨은 추적한 결과, 고향이 텍사스의 시골이라고 합니다.

"고향에서부터 그런 목적을 갖고 있지는 않았을 테고."

결국 그녀는 어떤 목적을 가지고 대도시로 왔다. 그리고 대도시에서 어떤 이유로 추락했다.

"공부는 잘했나요?"

-아닙니다. 그건 아닌 것 같더군요.

"부모는 현 상황을 모르고요?"

-네, 그런데 그쪽 부모에게 상황을 말하지 않아도 됩니까?

"뭐, 그것도 방법이긴 한데 솔직히 의미도 없지 않습니까?"

-그건 그렇죠.

"그러면 건드리지 말죠."

한국에서야 자식이 심각한 범죄를 저지를 경우 부모도 욕 먹지만, 미국에서는 장성한 자식이 저지른 범죄는 본인의 책임이지 부모의 책임이 아니라고 생각한다.

"더군다나 불리한 건 우리입니다. 도리어 우리가 먼저 건드리면 여론이 들고일어날 가능성이 있습니다."

-여론이요?

"리지의 부모는 아이가 태어남으로써 할아버지 할머니가 된 거죠. 그리고 대부분의 사람들에게 할아버지 할머니는 아주 좋은 기억의 대상입니다. 그런 할아버지 할머니가 나서서 자기 딸을 건드리고 책임도 지지 않는다고 주송도 선수를 욕하기 시작하면 다른 사람들도 욕하지 않겠습니까? 그런 걸 한국에서는 타초경사라고 하죠. 더군다나 아무리 메이저리그에 들어와 있다고 해도 주송도 씨는 이방인입니다. 어떤 사회든 외부에서 들어온 남성이 내부의 여성을 건드리고 도망가는 걸 아주 안 좋게 보지요."

-아, 이해했습니다.

타초경사. 풀을 헤집어서 뱀이 경계하게 만든다는 의미로 쉽게 말해서 쓸데없는 짓을 해서 문제를 일으키는 행동을 말한다.

"메이저리그에서 이미지는 아주 중요합니다."

한국의 선수들 중에는 돈을 구단에서 주는 거라 생각해서 팬들을 무시해도 된다고 생각하는 사람들이 많지만, 메이저리그에서는 사회적으로 큰 문제를 일으키는 경우 실력과 상관없이 방출 대상이 되어 버린다.

돈이 팬에게서 나온다는 걸 누구보다 잘 알기 때문이다.

지금 드림 로펌에서 모든 것을 쉬쉬하면서 합의하려는 것도 바로 이런 이유에서다.

만일 이게 터져 나가면 의뢰인인 주송도는 방출될 가능성이 높다.

실력이 나쁜 건 아니지만 아직 고정적인 팬덤이 있는 것도 아니기에 그를 보호할 만한 사람도 많지 않은 상황.

"그러니까 이건 조용히 끝내야 합니다."

-알겠습니다. 그쪽 부모에게는 이야기하지 않겠습니다.

"다만 접점이 될 만한 장소를 찾아야 하는데. 흠, 공부를 잘 못했다고요?"

-네.

"그런데 예쁘다…… 그러면 모델이나 연예인 에이전시를 파는 게 좋을 것 같군요."

예쁜 여학생들의 꿈은 나중에 성공한 배우나 가수가 되는 것이다.

물론 그게 쉬운 일은 아니지만 그렇다고 해서 그 꿈을 포기할 필요는 없다.

ㅡ이미 알아보고 있습니다. 시골에서 올라온 여자들을 노리는 에이전시를 위주로 살펴보고 있는데 너무 많군요.

시골에서 연예인이 되겠다고 대도시로 오는 사람들은 한둘이 아니다.

비록 대부분은 성공은커녕 절망만을 가지고 돌아가지만.

그리고 그런 사람들을 속여서 매춘 업계로 끌어들이는 놈들이 사방에 넘쳐 난다.

엔터테인먼트를 자처하기만 하는 그런 놈들.

엔터테인먼트조합의 목적 중 하나가 바로 그런 놈들을 걸러 내는 것이다.

진짜 최소한의 자격이나 신분 확인만 되면 가입할 수 있으니, 조합에 가입하지 못하는 놈들은 문제가 있다는 소리니까.

'그런데도 불구하고 피해자가 줄어들질 않지.'

소문이 날 만큼 났음에도 불구하고 혹시나 하는 기대에 속아 넘어가는 여자들이 한둘이 아니다.

"지금까지 아무것도 없다고요?"

ㅡ네.

"그러면 일단 스트립 클럽을 알아보세요. 흔적 없이 일해야 한다면 정상적인 직장은 아닐 겁니다. 일단 그쪽을 찾아보고 확실하게 추적을 시작하도록 하죠."

노형진은 턱을 문지르며 말했다.

-네, 노 변호사님.

하이드 맥핀은 고개를 끄덕거렸다.

통화가 끝난 하이드 맥핀은 바로 조사 팀을 불러왔다.

"조사된 게 없습니까?"

"아직은 없습니다. 올라오고 나서 아예 기록이 거의 없더군요. 뭐, 이해는 합니다만."

"비용은 걱정하지 말고 추가 인원을 더 투입하세요. 어차피 비용은 주송도를 고용한 구단에서 내기로 한 상황이니까."

구단에서도 주송도를 지키기 위해 최선을 다하고 있다.

이제 성장하는 스타인 데다가 현실적으로 이런 문제가 한두 번이 아니기 때문에 일종의 규칙 같은 거였다.

법적인 문제가 생기는 경우 그에 관해 개인적인 범죄 사항이 아니라면 구단에서 법률적 지원을 해 주는 조건을 계약에 넣는 경우는 생각보다 많다.

"그리고 스트립 클럽에 대해서는 알아본 적 있습니까?"

"네? 그쪽은 아직 알아보지 않았습니다만?"

직원의 말에 하이드 맥핀은 혀를 끌끌 찼다.

'뭐, 이해는 한다만.'

과거의 기록을 추적하는 것은 전산 기록을 기반으로 과거에 어디서 일했는지, 그리고 얼마나 월급을 받았는지를 확인하는 게 일반적이다.

당연히 현금을 받고 일하는 곳에 대한 정보는 확인할 수 없다.

"스트립 클럽은 보통 현금으로 운영되죠?"

"맞습니다. 하긴, 리지 던컨 정도의 외모를 가진 아가씨라면 스트립 클럽에서 인기가 많았겠네요."

그리고 스트립 클럽이라는 곳은 폭력 조직과 선이 닿은 경우가 대부분.

"확실히 착실하게 일하던 사람이 갑자기 고급 콜걸로 직업을 바꿀 가능성은 높지 않으니까요."

물론 스트립 클럽이라고 해서 모두 다 매춘을 하는 것은 아니다.

하지만 남자들에게 노려지는 경우가 많은 것도 사실이고, 보호권 밖에서 이루어지는 경우가 대부분이라 범죄자들과 자주 엮이는 곳이기도 하다.

"우리도 경찰처럼 정보 라인을 만들어 놔야 할지도 모르겠군요."

"새론처럼 말입니까?"

"네. 좋은 건 배워야지요."

하이드 맥핀은 생각이 많아졌다.

노형진의 예상대로 리지 던컨은 스트립 클럽에서 일했었다.

아무리 찾아도 안 나오던 그녀의 기록이 스트립 클럽을 뒤지기 시작하자 바로 튀어나온 것이다.

"아, 안나네?"

"안나?"

"아, 우리는 그렇게 불렀어."

그러면서 손가락을 까딱거리는 흑인 경비원.

하이드 맥핀은 긴 한숨을 쉬며 그의 손가락 사이에 100달러짜리 석 장을 끼워 줬다.

"워우, 센데?"

"그만한 값어치가 있기를 바라지."

그 말에 경비원은 따라오라는 듯 고개를 까딱했다.

하이드 맥핀은 그를 따라 건물 뒤에 있는 뒷골목으로 향했다. 그러자 경호원이 조용히 따라붙었다.

어쩔 수 없다.

이곳은 슬럼가. 이런 곳에 정장을 입은 백인 남성이 알짱거리면 눈에 띌 수밖에 없고 좋은 소리는 못 들으니까.

"그래서, 뭐가 알고 싶은데?"

"어떤 여자였지?"

"뭐, 여기서 일하는 애들이 뻔하지 뭐. 인생 조진 애들, 마약쟁이, 미혼모 등등."

"남의 이야기는 듣기 싫어. 중요한 건 리지 던컨이야."

"그년도 멍청한 년이지."

이야기를 들어 보니 내용은 뻔했다.

자신의 외모만 믿고 스타를 꿈꾸며 대도시로 올라온, 철모르는 여자.

그리고 그런 그녀를 무대에 올려 준다며 속이고는 스트립 클럽에 팔아먹은 가짜 에이전시.

탈출은 꿈도 못 꾸는 상황.

빚은 이미 져 버렸고 결국 거기서 주저앉은 꿈.

"이 바닥에 주저앉은 대부분의 사람들이 그렇지 뭘."

"그 에이전시는?"

"뭐, 없어진 지 오래되었어."

그 말에 하이드 맥핀은 의심스러운 눈빛으로 경비원을 바라보았다.

그도 그럴 게 리지 던컨을 무대에 올려 준다고 스트립 클럽으로 보냈다면 그 클럽 역시 한패일 가능성이 높기 때문이다.

"워우, 그런 눈빛으로 날 보지 말라고. 우리 클럽이 아니니까. 우리 클럽에는 거기가 작살 난 후에 자기 발로 찾아온 거야."

"자기 발로?"

"그래. 우리는 화이트탱크랑 안 친해. 내 색깔을 보면 몰라?"

그러면서 자신의 얼굴을 가리키는 경비원.

"그 화이트탱크라는 게 백인계 범죄 조직인가 보지?"

"맞아."

원래 화이트탱크라고 하는 폭력 조직은 백인들 위주로 구성된 범죄 조직이라고 한다.

슬럼가라고 하면 보통 가난한 흑인 위주로 생각하는데, 사실 가난한 동네인 건 맞지만 흑인만 사는 건 아니다.

당연히 그 안에서도 온갖 인종차별이 횡행해서 보통은 흑인끼리, 또 백인끼리 모여 조직이 만들어진다고.

"화이트탱크 새끼들이 몇 년 전에 일을 크게 쳤거든."

마약 관련 사건으로 조직이 날아가자, 마약을 주로 유통하던 업장인 에이틴도 사라졌다고 한다.

"그리고 갈 곳이 없으니까 여기로 온 거지."

그 말에 하이드 맥핀은 턱을 만지작거렸다.

'타락했나 보네.'

경찰이 조직과 클럽을 작살을 내 놨다면 바로 그때 탈출해야 한다.

조직에서 추적할 수도 없는 일이고 보복도 못 하니까.

'보통은 고향으로 돌아가는 게 일반적인데 말이지.'

그런데 고향으로 돌아가는 게 아니라 다른 클럽으로 왔다? 딱히 아이가 있거나 책임져야 할 사람도 없는데?

'그러면 거기에 완전히 녹아든 거지.'

술집 같은 데서 편하게 일하던 여자는 정상적으로 돈을 버는 직업을 못한다는 말이 있다.

그건 아주 틀린 말은 아니다.

스트립 클럽에서 인기 있는 여자는 생각보다 많은 돈을 벌 수 있으니까.

"뭐, 우리야 손해 볼 거 있나? 에이스였는데."

당연히 받아 줬고, 상당한 기간 여기서 일했다고.

"언제까지?"

"한 2년 전? 대충 그쯤."

2년 전이라면 리지 던컨이 주송도를 만나기 직전이라고 볼 수 있다.

그 말에 하이드 맥핀의 얼굴에 회심의 미소가 떠올랐다.

"그래서 그 후에는?"

"뭐, 슬슬 인기가 떨어지니까 그만두고 나갔지."

"안 잡았어?"

"잡을 필요가 없지. 우리도 물갈이는 해야 하니까."

한곳에서 몇 년씩 계속 일하면 당연히 인기가 떨어진다.

더군다나 나이를 먹었다면 더더욱.

그러니 이쪽도 굳이 잡을 필요는 없다.

어차피 인생이 시궁창에 처박혀서 오는 여자들은 넘쳐 나
니까.

"그래서 그 후에는?"

"모르지, 우리야. 한 번도 못 봤으니까."

"혹시 말이야, 리지 던컨이 성매매도 했나?"

"모르지. 우리는 말한 적이 없으니까. 하지만 했을걸."

"걸?"

"그년이 일했던 곳이 하던 곳이거든."

그 말인즉슨, 에이틴에서 리지만 성매매를 회피했다면 화
이트탱크가 가만뒀을 리가 없다는 거다.

"거기다 전에 한번 뒈지게 맞아서 며칠 일을 못 한 적이
있었어."

"맞아서?"

"그래, 자기 말로는 뭐 계단에서 굴렀다는데, 이 일로 먹
고사는 내가 그걸 못 알아볼까?"

그렇게 말하면서 주먹을 들고 흔드는 경비원.

"누구한테 맞은 것 같더라고. 여자가 때린 건 아닌 것 같
고, 변태 새끼한테 걸린 것 같더라고."

"호오?"

확실히 그런 거라면 가능성은 있다.

하지만 여전히 이해가 되지 않는 게 있기는 하다.

현재 상황만 보면 리지 던컨은 그리 고급 콜걸은 아니다.

고급 콜걸이라는 건 단순히 예쁘다는 것만으로 되지 않는다. 그들과 선이 닿을 만한 일종의 인맥이 있어야 한다.

한 시간당 만 달러씩 받기 위해서는 그 정도의 돈을 줄 만한 사람에게 접촉해야 하는데, 그러기가 쉽지 않다.

'흠…… 복잡한 문제네.'

왜 고급 콜걸이라는 게 생길까?

미국은 매매춘이 불법이다. 당연히 그걸 잡기 위해 경찰에서 수사한다.

일반적으로 매춘이 이루어지는 방식은 약속된 길거리에서 여자들이 지나가는 차량들을 부르는 거다.

그 행위 자체는 불법이 아니라서 경찰이 처벌하지 못하기 때문이다.

그래서 경찰은 그 여자들 사이에 여경들을 슬쩍 잠입시켜서 성 매수자를 처벌한다.

그런데 사회적으로 덕망이 있는 사람들의 경우, 그러다가 걸리면 인생이 박살 난다.

실제로 판사가 성매매를 하기 위해 고른 여자가 사실은 경찰이어서 인생을 조진 경우도 있었다.

당연히 사회적으로 돈과 권력이 있는 사람들은 그런 위험을 감수하면서까지 성 매수를 하고 싶어 하지는 않는다.

그래서 그런 콜걸을 부르는 거다.

그리고 그런 이들과 접촉할 정도의 자리에 있는 사람은 그다지 많지 않다.

'화이트탱크? 그놈들에게 그럴 능력이 있을 것 같진 않은데.'

이곳은 전형적인 슬럼가다. 이런 곳에 있는 놈들이 권력을 가진 자들과 선을 가지기는 힘들다.

"아는 거 없어?"

"나 니그로라니까."

"하긴."

백인 갱단이 흑인과 친하게 지낼 리가 없다.

"아, 그러고 보니 잠깐 이상한 소문이 돌더라."

"무슨 소문?"

"여기에 그 뭐냐, 롤스로이스를 탄 남자가 몇 번 찾아왔다던데."

"롤스로이스?"

"그래."

롤스로이스라면 엄청 비싼 차다. 성공한 사람들이 타는 차는 많지만 그 안에서도 톱클래스.

그런 차를 타는 사람이 여기 슬럼가까지 온다?

'확실히 이상하다는 생각은 드네.'

애초에 그런 사람이라면 여기에서 눈에 띌 수밖에 없다.

"혹시 그만두고 사라질 때쯤 이야긴가?"

"맞아. 그때쯤이네."

"고맙군."

그 말에 하이드 맥핀은 고개를 끄덕거리고는 그곳을 떠나려고 했다.

그때 그의 눈에 두 개의 갈라진 손가락이 보였다.

경비원이 아까처럼 돈을 달라는 양 손가락을 까딱거리고 있었다.

"내가 더 쓸 만한 걸 아는데."

"끄응."

결국 하이드 맥핀은 그의 손가락에 다시 한번 300달러를 꽂아 줬다.

그러자 경비원이 히죽 웃으며 말했다.

"진짜 쓸 만한 거라니까."

하이드 맥핀은 어쩔 수 없다는 듯 남자의 손가락에 300달러를 더 넣어 줬다.

그러자 경비원이 씩 웃었다.

"그때쯤 해서 바디 존슨 사건이 있었을 거야. 알아봐."

"바디 존슨?"

"이런 동네에는 대갈빡에 마약만 찌든 새끼가 있기 마련이거든."

⚖️

며칠 뒤 노형진은 하이드 맥핀으로부터 놀라운 정보를 들었다.

"차량 번호가 있다고요?"

-네. 바디 존슨 사건은 강도 사건입니다.

경비원의 말을 들었을 때만 해도 하이드 맥퀸은 그게 무슨 뜻인지 알지 못했다.

하지만 바디 존슨 사건에 대해 알아보고 나니 왜 그가 쓸 만한 정보라고 했는지 알 수 있었다.

바디 존슨은 그 동네에 살던 마약중독자였다. 그것도 아주 심한 중독자.

정상적인 판단이 불가능할 정도였는데, 문제는 더 마약을 사고 싶어도 살 돈이 없다는 것이었다.

그 와중에 동네에 비싼 롤스로이스가 다니는 걸 보고 눈이 돌아가서 강도질을 하기로 마음먹었고, 실제로 강도질을 시도했다.

-그런데 거기에 경호원이 있었던 거죠.

"하긴, 롤스로이스를 타고 그런 곳에 가면서 경호원을 대동하지 않을 사람은 없겠지요."

-네. 어찌 되었건 바디 존슨은 그 경호원에게 총을 맞았습니다.

마약에 취해서 강도질을 했으니 당연히 경호원이 대응을 했고, 그 후에 경찰이 출동했다.

총격전이 벌어진 것은 당연한 수순이었다.

-그래서 기록에 차량의 번호가 남아 있더군요.

"그래요? 그럼 추적이 쉬워지겠군요."

-네, 추적을 했는데, 그게 좀 곤란해졌습니다.

"곤란하다니요?"

-그 차량 주인이 라이엄 그랜트입니다.

"라이엄 그랜트?"

노형진은 그 말에 고개를 갸웃했다. 그도 그럴 게, 익숙한 이름이었던 것이다.

사실 오래 기억을 더듬을 필요도 없었다.

"라이엄 그랜트라면 그 파티 주최자였던 사람 아닙니까?"

-네, 맞습니다.

라이엄 그랜트. 그는 유명한 사람이다.

유명한 스포츠 매니저이고, 수많은 스타급 선수들을 데리고 있는 드래곤 에이전시의 대표이기도 하다.

연예인들이 소속사를 가지듯이 수많은 스타플레이어들도 에이전시와 계약하고, 협상을 통해 자신의 몸값을 올리려는 노력을 한다.

그리고 드래곤 에이전시는 미국의 메이저리그에서 제법 유명하다.

"그쪽도 당황하고 있다고 하지 않았나요?"

-네. 그래서 이해가 되지 않습니다. 리지 던컨과 라이엄 그랜트가 도대체 어디서 만난 건지도 알 수도 없고 말이죠.

만난 건 둘째 치고 그들이 난데없이 왜 이런 짓을 했는지 조차도 알 수 없다.

상식적으로 라이엄 그랜트의 입장에서는 그런 짓을 해서 좋을 게 없기 때문이다.

"주송도가 속한 에이전시가 어디죠?"

-위드 에이전시입니다.

위드.

미국에서 중견 에이전시로 크지는 않지만 그래도 조금씩 성장하는 에이전시다.

대형 에이전시에 비해 규모는 작지만 성장 중이고, 그만큼 선수를 잡기 위해 선수에게 많은 부분을 양보하기에 주송도가 계약한 곳이었다.

턱도 없이 작은 곳이라면 불안하겠지만 워드는 그렇게 작은 곳도 아니고 성장을 위해 노력 중인지라 계약 자체는 나쁘지 않았다고 한다.

"초대 자체는 문제가 없었을까요?"

-네. 소속 스포츠 스타들만 부르는 게 아니니까요. 나중에 어떤 사람과 계약할지 모르는 일이잖아요.

여러 사람들과 친하게 지내는 게 에이전시 입장에서는 유리한 데다, 특히나 한창 성장하고 있는 주송도라는 선수는 드래곤 에이전시로서는 분명 투자할 만한 가치가 있는 사람이었다.

당연히 그런 선수들과 안면을 트고 스스로를 홍보하기 위해 이런 파티를 열고 초대장을 보내는 건 이상한 일이 아니다.

선수 입장에서는 갑자기 닥쳐서 에이전시를 바꾸기보다는 미리 알아 두는 편이 낫기에 초대를 굳이 거절하지는 않는다.

선수가 그런 파티에 다닌다는 것만으로도 현재 계약한 에이전시 입장에서는 일종의 경계심을 품고 주의하게 되기 때문이다.

ㅡ우연일까요?

"그럴 리가 없죠."

리지 던컨이 상류층의 아가씨도 아니고 하위 계층 중의 하위 계층이다.

그런데 그런 사람을 라이엄 그랜트가 찾아가고, 나중에 그 사람이 임신으로 주송도를 공격한다?

'이건 또 뭔 상황이야?'

단순히 매춘업에 종사하던 여자가 기회가 되어서 큰 한 방을 노리고 일을 저지른 거라 생각했다.

그런데 이건 진짜 예상도 못 한 방향으로 일이 커지고 있다.

"일단은 그쪽에서 손을 떼세요. 우리가 알아차렸다는 걸 모르게 해야 합니다."

ㅡ알겠습니다.

"그리고 라이엄 그랜트 주변에 있는 선수들에게 이런 일이 있었는지 확인해 보시고요."

노형진은 왠지 느낌이 좋지 않았다.

⚖️

노형진은 혼자 판단하기에는 상당히 복잡한 상황이라 범죄자의 심리를 잘 아는 김성식에게 도움을 요청했다.

하지만 김성식도 노형진의 말에 고개를 갸웃했다.

"이해가 안 가는군. 어째서?"

"그게 저도 궁금합니다. 라이엄 그랜트가 주송도를 적대할 이유가 없습니다. 확인해 봤습니다만 애초에 라이엄 그랜트, 아니 드래곤 에이전시와 주송도 사이에는 접촉 자체가 없었습니다."

주송도가 처음 미국에 갔을 때만 해도 그는 드래곤 에이전시에서 관심을 가질 만한 급이 아니었다.

한국 출신의 선수들이 메이저리그에 늘어난 것은 사실이나 여전히 메이저리그 안에서 한국인의 풀은 한계가 있고, 수많은 사람들이 미국에 진출했다가 실패하고 한국으로 돌아왔다.

당연히 드래곤 에이전시에서 관심도 보이지 않았고, 주송도 역시 드래곤 에이전시와 접촉하지 않았다.

"공식적인 접촉 자체도 그 초대가 처음이었습니다."

그 초대 역시 개인적으로 한 게 아니라 구단을 통해 정식으로 초청장을 발송해서 이뤄진 거다.

"라이엄 그랜트가 뭔가 거절당한 것에 대한 원한으로 꾸민 일이 아닌가 하고 생각했습니다만……."

"그런 흔적은 없다 이거군."

"네."

원한도 없고 딱히 접점도 없다.

라이엄 그랜트가 주송도를 적대할 이유가 전혀 없다.

더군다나 그날 초대된 사람은 주송도뿐만이 아니었다. 여러 구단에서 자신들과 거래가 없는 많은 선수들을 불렀다.

"그 당시 이야기를 들어 보면 딱히 계약 이야기도 없었다고 하더군요."

말 그대로 안면을 트는 목적으로 이루어진 파티.

그런 곳에서 아직 계약 기간이 남은 선수에게 계약하자고 하는 건 규칙 위반이기에 아예 그런 이야기 자체가 없었다고 한다.

"단순히 술만 마시고 끝이다 이건가?"

"네. 이런 파티가 처음도 아니고요."

공식적으로 드래곤 에이전시는 1년에 두 번 봄과 가을에 이런 파티를 연다.

대상은 해당 시기에 두각을 나타내면서 빠르게 치고 올라가는 선수들.

그런 선수들과 안면을 트고 추후 계약의 포석을 깔기 위해서이다.

딱히 비밀도 아니고 다른 에이전시에서도 다 하는 행사다.

"흠……."

노형진의 말에 김성식은 한참을 말을 아꼈다. 그러다가 노형진에게 물었다.

"자네, 스포츠는 잘 모른다고 했던가?"

"네? 아, 네. 그쪽에는 딱히 관심이 없어서요."

남자들은 스포츠에 환장한다는 편견이 어느 정도 있지만 사실 모든 사람이 다 그런 건 아니다.

노형진 같은 경우는 딱히 스포츠에 관심이 없다.

건강을 위해 헬스 정도는 하지만 야구나 축구 같은 경기에 열광하거나 따로 팬으로 활동하는 구단 같은 건 없었다.

"그러면 라이벌 제거 같은 건 잘 모르겠군."

"라이벌 제거요? 그거야 스포츠가 아니더라도 종종 벌어지는 일 아닙니까?"

"그건 그래. 하지만 미국의 스포츠 선수들 사이에서 그런 일이 없겠나?"

그 말에 노형진의 눈이 반짝거렸다.

확실히 그건 그가 생각해 보지 못한 영역이었다.

한 번에 수십억에서 몇백억이 왔다 갔다 하는 스포츠 업계다. 자리는 한정되어 있으니 그 자리를 차지하기 위해 치열한 경쟁이 벌어진다.

"특히 투수의 몸값은 메이저리그에서도 비싸기로 유명하지."

"그러면 그 자리를 노린다 이겁니까?"

"불가능한 건 아니지. 주송도가 있는 팀이 블랙 호스지?"

"네."

"나도 미국의 야구에 대해 잘 모르지만 말이야, 블랙 호스 평가를 지난번에 찾아보니 유독 투수층이 얇다는 평가가 있더군."

"투수층이 얇다고요?"

"거의 주송도 원맨쇼라고 해야 하나? 하여간 그 수준인 모양이야."

원래부터 투수층이 얇기로 소문난 블랙 호스 팀이다.

그런데 운도 더럽게 없는 게 올해 초에 주전 투수 한 명이 부상으로 나가떨어졌고, 다른 한 명은 그 빈자리를 메꾸다가 체력 저하로 계속 부진을 겪고 있다.

마이너리그에서 다급하게 콜업을 했지만 애초에 블랙 호스의 투수의 뎁스가 워낙 얇다 보니 마이너리그 쪽 선수도 실력이 떨어지는 편이었고, 일단 올라온 선수도 심적 부담 등으로 갈려 나가면서 투수층에 구멍이 난 상황이라고 한다.

"그런데 주송도 별명이 뭔지 아나?"

"알죠. 강철 팔 아닙니까?"

"그래. 그쪽 업계에서는 내구도라고 부른다던데? 미국에 가기 전 한국에서도 유명했지."

지독한 끈기와 노력 그리고 그걸 뒷받침해 주는 근력이 바로 주송도의 성공 요인이라고들 이야기한다.

실제로 주송도는 미국에 가기 전에도 한국에서 가장 많은 완투승, 그러니까 선수 교체 없이 혼자서 처음부터 끝까지 공을 던지고 승리한 투수 기록을 가지고 있는 사람이었다.

그 부분이 메이저리그의 관심을 끌어서 진출에 성공한 거고.

"아, 저도 뉴스는 들었습니다."

주요 투수의 탈락과 그로 인한 다른 투수의 체력 저하 상황에서 주송도는 혼자서 2인분을 하면서 팀을 승리로 이끌고 있었다.

그 정도 분석은 블랙 호스 관련 뉴스를 조금만 찾아보면 쉽게 볼 수 있다.

"만일 거기서 주송도가 빠지면 어떻게 되겠나?"

노형진은 그 말에 곰곰이 생각에 빠졌다.

물론 주송도의 실력이 부족할 리는 없다.

하지만 주송도가 멘탈이 박살 나서 제대로 시합도 못 하게 된다면?

직감적으로 뭔가를 느낀 노형진은 자리에서 벌떡 일어났다.

"감사합니다."

"거참, 마음이 급하군."

뛰어나가는 노형진을 보며 김성식은 피식 웃었다.

자신의 사무실로 간 노형진은 바로 드래곤 에이전시의 홈페이지 내용을 확인했다.

"이것 봐라."

내부에 올라와 있는 계약 선수 명단에는 당연하게도 투수도 있었다.

"그런데 팀이 없네?"

분명 사진은 있는데 소속 팀이 없다.

노형진은 바로 해당 선수를 검색했다. 그리고 얼마 지나지 않아 자료를 찾을 수 있었다.

"방출이다 이건가?"

방출, 그러니까 구단에서 내쫓긴 거다.

물론 메이저리그에서 방출이라는 건 딱히 문제 될 게 없는 흔한 일이다.

"하지만 이런 경우는 드물지."

몸값이 엄청나게 비싼 선수. 실력도 좋은 선수다.

자세한 정보는 알 수 없지만 현실적으로 이 드래곤 에이전시 소속 투수의 몸값은 주송도의 두 배 이상이다.

실제로 지난 시합에서의 실력도 좋았다.

"뭐, 이런 정도면 상황은 뻔하군."

아주 큰 실수를 한 것이다. 그것도 구단에서 커버하지 못할 정도로 아주 큰 실수를 말이다.

물론 그런다고 해서 바로 내쫓기진 않는다.

사실 실력만 좋으면 진짜 어지간해서는 내쫓기지 않는 곳이 바로 메이저리그다.

"뭔지 모르지만 정말 큰 실수를 한 것 같네."

아마 아주 큰 실수를 하고 구단과 일종의 협상을 했을 것이다.

다른 곳으로 가겠다, 돈도 포기하겠다, 대신에 사건을 외부로 공표하지 말아 달라.

사실 노형진도 그런 협상을 해 보지 않은 건 아니다.

실제로 어떤 문제인지는 알 수 없지만 그건 확실하다.

"정보가 없네."

실력도 좋은 사람이 왜 나가는지는 알려진 바가 없다. 그 말은 감추고 싶은 게 있다는 거다.

구단 입장에서는 진짜 실력 좋은 선수를 갑자기 내보내면 팬들에게 욕을 오지게 처먹는다.

그럼에도 불구하고 내보내야 할 만큼 심각한 문제가 있다는 거다.

그것도 공개할 수 없는 어떤 문제가 말이다.

"흠…… 뭐, 중요한 건 그게 아니지."

이리저리 뉴스를 찾아봤지만 의심을 살 만한 건 없었다.

중요한 건 그가 나왔다는 것.

"그런데 자리가 없네."

문제는, 자리가 없다.

교체 시기도 아닌데 갑자기 방출된 상황. 그런 상황에서는 자리가 있을 리가 없다.

노형진이 야구 규칙을 잘 아는 건 아니지만 그래도 정해진 숫자의 선수만 인정한다는 것 정도는 알고 있다. 당연히 그런 상황에서 그가 다른 곳으로 가기 위해서는 자리를 만들어야 한다.

문제는 대부분의 팀이 거의 꽉 차 있다는 거다.

특히 투수는 각 구단에서 가장 먼저 채우는 자리 중 하나다.

"블랙 호스만 빼고 말이지."

전통적으로 투수진이 약하다고 소문난 블랙 호스인데, 이번 시즌은 아예 박살 나다시피 했다.

주송도가 공백을 메꾸면서 꾸역꾸역 끌고 왔을 정도로 말이다.

물론 블랙 호스에는 실력이 떨어지는 선수들도 있다.

그러니 정상적인 상황이라면 실력이 부족한 마이너리그에서 콜업한 선수를 다시 돌려보내고 빈자리에 이 선수를 박아 넣어도 된다.

　게다가 블랙 호스는 상당히 부유한 구단 중 하나이니 얼마든지 원하는 선수를 데리고 올 수 있을 거다.

　하지만 여기에는 또 다른 문제가 있으니, 바로 FA 상한제라는 것이었다.

　선수들이 요구하는 액수가 점점 커지고 구단 간의 경쟁이 치열해지면서 돈 있는 구단이 선수를 싹쓸이하는 현상이 벌어지는데, 그런 경우 자연스럽게 성적이 고착화된다.

　그래서 그런 상황을 막기 위해 메이저리그에서는 스카우트 가능한 연봉 총액의 상한(FA 상한제)을 만들고 그에 따라 선수를 보충하도록 정해 놨다.

　즉, 선수의 연봉을 깎거나 선수를 내보내지 않는 한 라이엄 그랜트가 원하는 바는 이룰 수 없다는 뜻이다.

　문제는 선수의 연봉은 곧 자존심이라는 것.

　연봉이 깎이는 것은 즉 몰락해 간다는 증거이니 선수의 자존심이 상할 수밖에 없다.

　하지만 드래곤 에이전시 소속 투수 역시 못해도 기존과 같은 돈을, 가능하면 더 많은 돈을 받기를 원할 테니 연봉을 깎아서 블랙 호스에 스카우트되도록 하는 것도 불가능하다.

　결국 남은 선택지는 기존 선수를 내보내는 것뿐.

　하지만 주송도가 그만둘 리가 없다.

　그리고 구단에서도 주송도를 내보낼 가능성은 없다.

지금까지 주송도가 해 준 게 있는데, 그런 주송도를 이유도 없이 방출해 버리면 구단에서 욕을 바가지로 먹을 테니까.

결국 블랙 호스가 주송도를 내보내게끔 유도하는 수밖에 없는데, 그러기 위해서는 그럴 만한 원인이 있어야 한다. 주송도가 정말로 슬럼프에 빠진다거나 하는 식으로 말이다.

"허, 이거 봐라? 그러니까 노린 게 그거였어? 멘탈을 날려 버려서 자폭해라?"

노형진은 대충 상황을 알아차렸다.

라이엄 그랜트는 주송도의 멘탈이 붕괴되기를 원한 것이다.

실제로 이런 일을 당한 선수들은 대부분 심각한 부진을 겪었고 그 결과는 대부분 방출이었다.

주송도가 방출되게끔 유도하면 블랙 호스는 연봉 한계 내에서 최대한의 돈을 주면서 드래곤 에이전시의 투수를 데리고 올 수밖에 없다.

다급하게 데려갈 만한, 실력이 확실한 투수가 없으니까.

"더군다나 스타일이 비슷해."

그 투수의 그간 성적과 실력을 보니 주송도와 비슷하다.

어마어마한 체력 그리고 어마어마한 끈기.

물론 어떤 사건을 일으켰는지는 모르지만, 확실한 것은 주송도가 나갈 경우 그 자리를 메꿀 수 있는 사람이라는 거다.

아니, 그보다 더 뛰어나다고 확신할 수 있다.

아무리 주송도가 뛰어나다고 해도 인종적인 벽의 차이는 무시할 수 없으니까.

흑인 선수가 일반적으로 체력이 더욱 뛰어나기 마련인데, 이 경우는 더했으면 더했지 덜하지는 않을 것이다.

"허, 기가 막히네."

물론 음모를 이용해서 뭔가를 이룩해 내려고 한 경우는 상당히 많다. 실제로 그런 타입들과 많이 싸우는 게 노형진이고 말이다.

하지만 설마 이 정도로 치밀한 계획을 짤 줄은 몰랐다.

"만일 거기서 사고가 없었다면?"

아마 노형진은 라이엄 그랜트와 리지 던컨의 관계에 대해 의심조차도 하지 않았을 거다.

애초에 그 파티를 준비했던 파티 플래너도 그 전부터 일했던 사람이라고 했으니 의심도 하지 않았을 테고.

"주송도를 노린 건지, 아니면 나중에 써먹으려고 잠복시켜 둔 건지는 모르지만 확실히 머리가 좋아. 이건 꼭…… 사이코패스 방식 같은데. 뭐, 사이코패스일 가능성이 높긴 하네."

성공한 사람들 중에 실제로 사이코패스가 많다는 건 딱히 비밀도 아니다.

남을 가차 없이 밟는 타입일수록 위로 올라가기 쉬운 게 현대사회니까.

"확실히 의심스러운 정황은 찾았는데 말이지."

만일 이게 성공한다면 아마도 보상은 어마어마할 거다.

어떤 사건인지 모르겠지만 실력 좋은 선수가 방출되는 것은 인생이 걸린 일일 수 있으니 당연히 그 보상도 어마어마할 거다.

"그러면 이걸 해결할 방법이……."

노형진의 머릿속에서는 좋은 생각이 떠오르고 있었다.

아이는 미래다?

"가능할까요?"

"불가능한 건 아니지. 우리도 이런 사건을 겪고 있고."

노형진으로부터 연락을 받은 하이드 맥퀸은 처음에는 믿지 못했었다.

하지만 생각해 보면 불가능한 건 아니었다.

"범죄자들의 음모를 보면 진짜 어떻게 이런 생각을 하나 싶다니까."

"그러니까요. 때때로는 무섭다니까요."

"심지어 그런 건 대부분 걸리지도 않지."

노형진은 하이드 맥퀸에게 라이엄 그랜트가 이런 행동을 한 게 처음은 아닐 거라 이야기했다.

미리 여자를 심어 둘 정도라면 분명 여러 번 해 보았거나 다른 방식으로 선수를 몰락시켰을 가능성이 분명 존재했다.

"그런데 조사해 보니 의외로 그런 경우가 많더란 말이야."

하이드 맥핀은 노형진의 말에 혹시나 하고 그간의 메이저리그 사건을 조사해 봤다. 그리고 의외의 사실을 알 수 있었다.

라이엄 그랜트가 이 치열한 에이전시 시장에서 성공할 수 있었던 가장 큰 이유는 그가 자리가 필요할 때면 바로바로 자리가 났기 때문이었다.

"마법처럼 말이지."

"우연일까요?"

"글쎄."

경쟁 중이거나 기존에 자리를 차지하고 있던 주전이 영문을 알 수 없는 이유로 방출되거나 팀을 바꾸기도 했고, 라이벌의 실력이 떨어지기도 했다.

자세한 사정은 알 수 없지만 갑자기 심각한 슬럼프가 온 경우도 많았고 말이다.

"장난질로 이렇게 상황을 조작하는 게 불가능한 건 아니겠죠?"

"이런 식으로 장난친다면 가능하지."

"그럼 이걸 어떻게 해결하죠?"

다른 사람도 아닌 라이엄 그랜트다.

마이스터에 비할 바는 아니지만 그래도 싸워 볼 수 있을 만큼 돈을 쥐고 있는 사람이며 또 인맥이 엄청나게 넓은 사람이다.

"나도 그렇게 생각했는데 노 변호사님이 그러더군, 기본을 잊어버리지 말라고."

"기본을 잊어버리지 말라니요?"

"우리가 잡아야 하는 건 라이엄 그랜트나 드래곤 에이전시가 아니야. 리지 던컨이지."

"아!"

"리지 던컨만 잡으면 되는 거야."

리지 던컨에게 아이를 키울 이유가 없어지면 사건은 해결되는 거다.

"그런데 그걸 증명하는 건 쉽지 않을 텐데요."

"하지만 불가능한 건 아니지."

하이드 맥퀸은 자신 있게 말했다.

"노 변호사님이 그러더군, 목적을 위해 낳은 아이인 만큼 아마도 아이에 대한 애정은 없을 거라고. 그리고 대부분의 인간 말종들은 스트레스를 주면 본성을 드러낸다고."

"네?"

부하 직원은 그 말을 이해하지 못했다. 하지만 다음 계획을 듣고는 소름이 돋아 몸서리를 쳐야 했다.

"누군가 리지 던컨의 병원비를 냈다네. 그리고 소송비와 생활비까지 내주고 있지. 그리고 그건 아마도 라이엄 그랜트일 거야."

"그럴 겁니다."

라이엄 그랜트 입장에서는 주송도가 스스로 무너지면 어마어마한 이득을 보게 될 테니까.

"자네도 지금 리지 던컨이 일하지 않는 거 알지?"

"알죠."

허름한 아파트에서 살고는 있지만 일하지는 않는 건 이상한 일이다.

물론 아이를 케어하기 위해 일하지 않는 거라고 볼 수도 있겠지만, 아이를 키우는 데에 드는 비용을 생각하면 너무 여유롭다.

그래서 누군가 그녀에게 돈을 주고 있다는 걸 추론하는 건 어렵지 않았다.

"그러면 그 돈을 끊어 낸다면 어떨 것 같나?"

"그러면…… 그렇군요. 스트레스가 쌓이게 되는군요."

아이를 키우는 건 상당히 힘든 일이다. 대부분의 사람들이 그 상황을 아주 고통스러워한다.

친자식임에도 불구하고 우울증이 생기고, 때때로는 강한 가출 충동을 느낀다.

실제로 이 시기에 가출해서 영원히 돌아오지 않는 사람들도 있다.

"리지 던컨이 올바른 사람은 아닐 거야."

올바른 사람이었다면 기회가 왔을 때 탈출했을 것이다.

하지만 그녀는 그 대신에 다른 스트립 클럽을 찾아갔고, 결국 그 세계에서 벗어나지 못했다.

"어쩔 수 없이 하는 것과 원해서 하는 것. 이 두 가지는 전혀 다르지."

"하긴, 그건 그래요."

스트리퍼라는 직업은 미국에서도 바닥까지 떨어졌을 때 가지는 직업 중 하나로 인식된다.

그렇지만 그만큼 돈이 되는 것도 사실이다.

원래 바닥의 직업이 돈이 된다고 하지 않던가?

그래서 바닥에 몰린 사람이 살아남기 위해 직업으로 삼는 경우가 적지 않았다.

하지만 리지 던컨은 그런 경우가 아니다. 돈을 위해 자발적으로 스트립 클럽으로 향했다.

한국에서의 성매매도 마찬가지.

여성 단체는 성매매에 내몰린 여자들이라고 표현하면서 죄다 강제성을 띠는 줄 알지만 의외로 그렇지는 않다.

그녀들 입장에서는 돈이 되니까.

쉽게 인생을 즐기고 쉽게 명품을 살 수 있어서 하는 경우도 엄청나게 많다.

"그러니까 일단은 돈줄을 묶어 보라는 거군요."

"그래."

"하지만 그걸 어떻게요? 경찰에서 수사하지는 않을 텐데요."

"걱정하지 말게나. 이미 방법은 알고 있으니까."
하이드 맥핀은 자신 있게 말했다.

하이드 맥핀은 직접 라이엄 그랜트를 찾아갔다.
아무래도 라이엄 그랜트에게 아무나 보낼 수도 없으니까.
그리고 그는 라이엄 그랜트에게 정중하게 질문했다.
"리지 던컨을 모른다고 하셨지요?"
"들어 본 적이 없는 이름입니다만."
그 말에 하이드 맥핀은 고개를 갸웃했다. 마치 의아하다는
것처럼 말이다.
"그래요? 하지만 사건 기록이 있던데요?"
"사건 기록?"
"리지 던컨의 집 앞에서 말입니다, 회장님께서 타고 다니
던 차량이 강도질을 당한 기록이 있습니다만."
"뭐라고요?"
"그 당시의 진술에 따르면 리지 던컨을 만나러 왔다고 진
술하셨다고 하던데요?"
그 말에 라이엄 그랜트는 심장이 철렁했다.
'젠장, 그걸 어떻게 알았지?'
그 당시에 강도당해서 황당하게 엮이기는 했다.

자신이 원해서 그런 건 아니었지만 어찌 되었건 강도와 총격전이 있었고, 경호원이 쏜 총에 강도가 맞아서 덮을 수도 없었다.

하지만 그로 인해 수사 과정에서 그 당시에 리지 던컨을 만나러 간 사실을 아무 생각 없이 진술한 게 문제가 되었다.

"어…… 잠시만요. 기억이 잘 나지 않는데요, 워낙 많은 사람을 만나다 보니."

"잘 생각해 보세요. 이건 중요한 일입니다."

어떻게 해서든 답변을 받으려고 하는 하이드 맥핀의 태도에 라이엄 그랜트는 머리를 굴렸다.

'어떻게 해서든 선을 끊어야 하는데.'

라이엄 그랜트가 리지 던컨을 알게 된 건 우연이었다.

그 당시 사소한 문제로 교도소에 있던 라이엄 그랜트의 부하 하나가 화이트탱크 갱단 멤버와 같은 방을 썼다.

그리고 그에게서 끝내주는 여자에 대해 듣게 되었는데, 이후 사진을 보고 상당한 미모를 가지고 있다는 걸 확인할 수 있었다.

라이엄 그랜트의 은밀한 직업에 대해서도 알고 있었던 그 부하는 도움이 될 거라 판단하고 라이엄에게 그녀에 대해 알렸다.

그렇게 라이엄 그랜트는 리지를 스카우트했고, 여기저기 파티에 다니면서 안면을 익히게 만들고 필요한 경우 써먹을 정도의 준비를 했다.

'그때 일을 알아차리다니.'

정작 그 사건의 당사자는 라이엄 그랜트가 아니라 차를 지키고 있던 경호원이었고, 그 강도 역시 단순 총상으로 끝났으며, 라이엄 측은 정당방위가 인정되어서 총상에 대한 처벌도 이루어지지 않았다.

그런데 그걸 어떻게 알았단 말인가?

그는 슬럼가의 속성을 모르기에 이상하다고 생각할 수밖에 없었다.

슬럼가에서는 그런 좋은 차량이 들어오면 일단 경계의 대상이 된다.

어떤 목적성이 없으면 그런 차량은 슬럼가로 들어오지 않는 데다가, 설사 들어온다고 해도 대부분의 경우 그런 차량들은 마약을 취급하는 조직의 고위직의 것이기 때문이다.

그래서 그 당시에 마약에 취한 놈 말고는 딱히 노리지 않았던 것이다.

당연히 그 당시 사건을 기억하는 사람들은 생각보다 많았다는 걸 그는 몰랐다.

"아, 기억납니다. 그…… 제 부하 한 명의 가족이라고 해서요."

"가족요?"

"네. 그런데 부하가 실수로 감옥에 가게 되어서, 그로 인해 혹시나 생활이 힘들지 않을까 하는 생각에 한번 찾아봤습니다."

"아, 그래요? 그런데 몰라보셨다고요?"

"네, 뭐 파티에서 그런 건 플래너가 알아서 하니까요."

"하긴, 그렇지요."

하이드 맥핀은 고개를 끄덕거렸다.

"그 후에는 관련되신 적이 없습니까?"

"네. 그 후에는 완전히 잊어버리고 있었습니다."

"알겠습니다. 아, 혹시 모르니까 접근하지 마세요. 그 여자 질이 안 좋습니다."

"알고 있습니다. 주송도 선수에게는 미안한 마음뿐입니다."

"그리고 혹시 그쪽으로 접근하는 놈이 있다면 알려 주세요."

"접근요?"

"네. 아직 조사 중입니다만, 아무래도 저쪽에서 배후에 누군가를 두고 있는 것 같습니다."

"누군가 두고 있다니요?"

"아무래도 화이트탱크의 출소한 놈이 아닐까 싶습니다만. 상대방 남성을 유혹한 다음 협박해 양육비를 갈취하는 타입의 새로운 범죄인 것 같습니다."

하이드 맥핀은 걱정스럽게 말했다.

그러자 라이엄 그랜트는 눈을 찡그리며 되물었다.

"협박요?"

"네. 솔직히 스타플레이어들 사이에서 임신 공격에 당해 보지 않은 사람은 드물지 않습니까?"

"그건 그렇지요."

"처음부터 노리는 여자들이 한둘이 아닌데 그 뒤에 범죄 집단이 없으리라는 법은 없죠."

어깨를 으쓱하며 말하는 하이드 맥핀.

"일던 저희가 조사한 결과, 그녀의 뒤에 화이트탱크라고 하는 범죄 조직이 있다는 사실이 확인되었습니다. 그러니 그 놈들이 그랜트 사장님한테 뭔 짓을 할지 모릅니다."

"아…… 그렇군요."

"그러니까 조심하시는 게 좋을 것 같습니다. 안전을 위해서라도요. 그들이 유리한 증언을 하도록 협박할지도 모르니까요."

하이드 맥핀의 이야기는 금방 끝났다.

하이드 맥핀은 딱히 의심을 보여 주지 않았고 살짝 경고만 해 주고 떠났다.

하지만 그 자체가 라이엄 그랜트에게는 부담이었다.

라이엄 그랜트는 조심성이 많은 사람이다. 그동안 많은 음모를 짜 왔고 단 한 번도 걸리지 않은 사람이 바로 라이엄 그랜트다.

노형진은 그런 그의 성향을 꿰뚫어 보고 있었기에 하이드 맥핀에게 살짝 찔러보라고 한 것이었고 말이다.

당연하게도 라이엄 그랜트는 라이드 맥핀의 방문에 잔뜩 경계하기 시작했다.

그는 하이드 맥핀이 떠나기 무섭게 바로 부하를 불렀다.

"부르셨습니까, 대표님?"

"혹시 리지 던컨, 뭐 하고 있는지 알아?"

"평소처럼 평범하게 지내고 있습니다만. 매일같이 쇼핑하는 정도입니다."

"뭐? 쇼핑?"

"돈이 있으니까요."

지금 리지 던컨의 생활비와 다른 여러 가지 경비를 내주는 건 다름 아닌 라이엄 그랜트다.

실제로 병원비를 내준 것 역시 노형진의 예상대로 라이엄 그랜트였다.

물론 부하 직원을 통해서 주기에 걸리지는 않겠지만.

중요한 것은 리지 던컨이 라이엄 그랜트의 돈으로 살아가고 있다는 거다.

"그런데 그 돈으로 쇼핑을 한다고?"

"네."

"하? 어이가 없네?"

그가 준 돈으로 리지 던컨이 뭘 하든 상관없다. 문제는 리지 던컨이 아직 주송도를 몰락시키지 못했다는 것이다.

아직 시즌이 시작되기 전이라 결과가 나오기까지는 좀 더

기다려야 한다는 점을 감안해야 하지만…….

"젠장, 시즌 전에 들어갔어야 하나?"

아니, 그랬다가는 계획이 어그러질 수가 있다.

방출된 상황에서 제대로 케어받지 못하면 실력이 떨어지는 건 말 그대로 한순간이다.

그나마 돈이 있다면 방출된 후에도 케어해 줄 자기만의 스태프들을 고용해서 자기 관리가 가능하지만, 이번에는 문제의 투수가 사고를 너무 크게 치는 바람에 그 배상으로 가지고 있던 돈을 모두 토해 낸 상황인지라 따로 케어해 줄 스태프를 구할 수도 없는 상황이었다.

"일단은 위험하니까 거리 좀 두자."

"거리를 두자고요? 무슨 말씀이신지……."

"리지 던컨이랑 연락하지 말라는 거야. 무슨 소리인지 못 알아들어?"

하이드 맥핀은 뒤에 범죄 조직이 있는 일종의 새로운 협박의 방식일 수 있다고 이야기했다.

만일 그게 사실로 밝혀진다면 미국에 그간의 사건에 대해 조사를 요구하는 사람들이 많아질 거다.

그리고 그건 이루어질 가능성이 높다.

그런 임신 공격의 대상은 보통 힘과 돈이 있는 사람들이기 때문이다.

'자칫 나중에 걸리기라도 하면…….'

사실 라이엄 그랜트가 이런 방식으로 선수들의 멘탈을 붕괴시켜서 그들의 자리를 빼앗은 건 이번이 처음이 아니기에 리지 던컨과 관련하여 사건이 터지면 진짜 인생을 조질 수도 있다.

　대부분의 경우 적당히 합의를 통해 사건을 무마하는 게 일반적이기에 자세한 조사가 이루어지지는 않았지만, 일단 범죄 집단이 낀 범죄로 인정받으면 그때는 FBI가 개입해도 이상할 게 없는 심각한 범죄가 된다.

　"일단은 리지 던컨 그년이랑 거리를 둬."

　"돈은요?"

　"돈도 주지 마. 우리가 생각도 못 한 부분까지 알고 있는 걸 보니까 분명 리지 던컨을 감시하고 있는 거야."

　비록 라이엄 그랜트가 사람을 통해 돈을 보내고 있다지만 혹시라도 돈을 전해 주던 사람이 경찰에게 잡혀서 죄다 떠들어 버리면 좆 되는 건 라이엄 그랜트와 드래곤 에이전시다.

　"왠지 일이 꼬여 가는 것 같은데."

　하지만 딱히 할 수 있는 게 없었기에 라이엄 그랜트는 답답함을 느꼈다.

⚖

　리지 던컨은 몇 년간 편하게 살았다.

라이엄 그랜트는 그녀에게 파티에 다니면서 인맥을 늘리고, 필요한 경우에는 유혹을 하라고 했다.

그래서 그렇게 해 왔다.

살기는 편했다.

라이엄 그랜트는 적지 않은 돈을 줬고, 그 과정에서 비싼 파티에 다니면서 인플루언서처럼 살았다.

아무것도 없는 시골에서 도망치다시피 올라온 소녀가 나름 성공한 삶을 살 수 있게 되었다고 생각할 만큼 주머니는 두둑해졌고, 여러 사람들과 즐거운 시간도 보낼 수 있었다.

그러나 점점 나이가 먹어 가 계속 이렇게 살 수는 없을 거라는 생각을 할 때쯤 라이엄 그랜트는 새로운 일을 맡겼다.

주송도라는, 한국이라는 나라에서 온 선수를 유혹하라는 것, 그리고 그의 정자를 빼 오라는 것.

사실 그런 부탁을 받은 게 처음은 아니었다.

하지만 대부분의 선수들이나 유명인들은 관계한 후에 변기에 내려 버리는 방식으로 스스로 자신들의 정액을 처분하는 버릇이 있었기에 쉬운 일이 아니었다.

그러나 한국에서 온 주송도는 그런 일을 당해 보지 않아서 그런지 완전히 방심하고 있었고, 그가 잠깐 자리를 비운 틈을 타 리지 던컨은 주송도의 정액이 담긴 콘돔을 빼돌릴 수 있었다.

그리고 그걸 이용해서 임신하는 데 성공한 그녀는 그 후 1

년간 케어를 받으면서 출산에까지 성공한 것이다.

당연히 리지 던컨은 일을 하지 않았다. 가만히 있어도 돈은 물론 케어까지도 다 받을 수 있었으니까.

그런데 갑자기 돈이 들어오지 않자 당연히 그녀의 발등에 불이 떨어졌다.

"무슨 소리야, 갑자기 당분간 돈을 못 준다니?"

─저쪽에서 당신을 감시하는 것 같다. 누군가가 지원해 주고 있다는 것도 알고 있고. 우리가 당신한테 접근하면 그쪽에서 알아차릴 거다.

"아니, 그러면 나는 어쩌라고? 애새끼한테 들어가는 돈이 어디 한두 푼인 줄 알아?"

─우리도 상황이 이렇게 될 줄은 몰랐어. 저쪽에서는 확실하게 뒷배경을 의심하고 있어. 지금 우리가 당신을 도와주면 우리도 엮이는 수가 있다.

이는 심각한 문제다.

계획적인 범죄가 인정되면 드래곤 에이전시는 망한다. 망하는 걸 넘어서, 그 모든 걸 팔아도 배상하기가 어려워진다.

"그러면 나는 어쩌라고!"

아이가 있음에도 불구하고 그녀의 대답은 우리가 아니라 '나'였다. 그녀는 아이에게는 전혀 관심이 없었다.

나중을 위해서라곤 하지만 어찌 되었건 라이엄 그랜트의 지원 아래에서 화려한 삶을 살아왔던 그녀다.

하지만 이제는 영원히 그 시절로 돌아갈 수 없다. 아이가 있으니까.

그녀 입장에서는 어마어마한 희생을 했다고 생각할 수밖에 없었다.

"시키는 대로 했잖아. 임신해서 물고 늘어지라면서? 그래서 그 더러운 칭칭총 놈하고 몸도 섞고 심지어 정액을 훔쳐서 임신까지 했잖아. 그런데 이제 와서 뭐? 돈을 못 줘?"

—잠깐의 문제일 뿐이야. 어차피 당신도 동의한 일 아닌가?

물론 라이엄 그랜트 입장에서는 헛소리도 이런 헛소리가 없었다.

애초에 시궁창에서 살던 여자다. 자신은 그런 여자를 여기까지 끌고 온 것이다.

더군다나 공짜로 부려 먹는 것도 아니었다.

—알 텐데, 이번에 성공하면 평생을 먹고살고도 남을 돈이 생긴다는 걸?

"그거야 그런데……."

—그리고 어차피 너도 끝물 아닌가?

"……."

그건 틀린 말은 아니다.

처음에는 인기가 많았지만 나이를 먹을수록 더 어리고 더 예쁜 여자들이 들어왔기에 나중에는 스트립 클럽에서도 인기가 별로 없었다.

물론 기본적으로 훨씬 예쁜 건 사실이지만 그래도 자신에게 관심이 떨어진다는 건 쭉쭉 떨어지는 팁만으로도 충분히 느낄 수 있었다.

스트립 클럽에서의 수익은 대부분 기본급이 아니라 팁이다. 그리고 그 팁의 액수가 인기의 주요 척도다.

그런데 액수가 점점 떨어지는 것을 보면서 리지 던컨은 자신이 늙어 간다는 것을 인정할 수밖에 없었다.

그런 그녀에게 있어서 라이엄 그랜트의 제의는 인생을 한번에 바꿀 수 있는 거의 유일한 기회였다.

주송도에게서 돈만 받아 낼 수 있다면 이제 남은 인생을 편하게 살 수 있다는 생각.

물론 라이엄 그랜트는 자신을 지원해 준 돈을 갚아야 한다는 조건을 달기는 했지만, 그렇다고 해도 그녀의 인생이 바뀌는 건 확실한 일이었다.

자신이 주송도를 흔들면 그로 인해 주송도의 멘탈이 나가 다음 시즌에서 떨어질 거라는 생각은 전혀 못 한 리지 던컨이었다.

-어찌 되었건 안전을 위해서라도 당분간은 연락하지 말도록 하지.

"돈이라도 달라고! 돈이라도! 지금 나 돈 한 푼도 없단 말이야!"

리지 던컨은 다급하게 고개를 돌렸다.

그녀의 시선이 향한 곳에는 산더미처럼 쌓인 명품들이 있었다.

그동안 받은 돈을 대부분 명품 쇼핑에 쓴 상황이었다.

매달 적지 않은 돈이 들어왔다. 그리고 더 달라고 하면 더 주기도 했다. 그래서 거리낌 없이 돈을 썼다.

어차피 나중에 갚을 돈이라고 해도 자기 돈이 아닌 주송도의 돈으로 갚을 것이기 때문이었다.

당연히 그녀의 수중에 현금은 한 푼도 없었다.

더군다나 그녀는 지금까지 어디서 일한 적도 없으니 당연히 돈이 나올 구멍도 없었다.

그런데 갑자기 돈이 안 들어온다니.

ㅡ위험해. 마이스터는 절대로 만만하게 볼 놈들이 아니야.

그동안 소송에서 누구도 이기지 못할 거라고 생각한 사건들을 뒤집었고, 감춰진 진실을 드러냈다.

특히 감춰진 진실을 드러내는 것에 관해서 마이스터의 정보력은 공포스러울 정도였다.

물론 그 결과는 노형진이라는 존재가 있기에 가능한 것이었지만, 모르는 사람 입장에서는 마이스터의 정보 집단은 CIA 이상의 능력을 가진 것으로 보였다.

또한 노형진이 늘 원하는 장소에 원하는 시간에 있을 수는 없기에 정보력 확장에 상당히 투자한 결과였다.

그러니 라이엄 그랜트 입장에서는 이미 그들의 시야에 들어간 이상 섣불리 움직일 수가 없었다.

"얼마나 버티라는 거야? 얼마나?"

−모르지, 2년이 될지 3년이 될지.

"뭐?"

리지 던컨은 그 말에 정신이 멍해졌다. 그리고 소리를 버럭 질렀다.

"야! 야!"

−말이 길어진 것 같군. 혹시나 해서 하는 말인데, 허튼짓은 하지 말았으면 해. 화이트탱크에서 널 참 보고 싶어 하던데 말이야.

그 말에 리지 던컨은 말문이 막혔다.

필요하다면 갱단을 동원해서 죽이겠다는 말이라는 걸 모를 정도로 그녀가 멍청한 건 아니다.

만일 리지 던컨이 누군가에게 죽는다면 관련이 없는 라이엄 그랜트나 드래곤 에이전시가 아니라 소송 중인 주송도가 의심받을 가능성이 크다.

그리고 어떤 식으로든 주송도만 몰락시키면 되는 라이엄 그랜트 입장에서는 그 방법도 나쁘지 않았다.

−당분간은 조용히 있어. 소송에서 이기면 어차피 인생이 바뀔 테니까.

그렇게 잔인한 말을 마지막으로 끊어지는 전화에 리지 던컨은 심장이 벌렁거렸다. 그리고 화가 나서 집 안의 물건을 모조리 집어 던지기 시작했다.

⚖

"라이엄 그랜트는 아무런 말이 없고요?"

-네, 없습니다.

"리지 던컨은 뭘 하고 있습니까?"

-물건을 내다 파는 것 같더군요.

노형진은 그 말에 씩 웃었다.

예상대로였다.

누군가가 돈을 주고 있기에 리지 던컨은 일을 하지 않는데도 그 비싼 변호사비까지 내 가면서 소송하는 것이 가능했다.

물론 종종 변호사비를 후불로 받는 경우가 없는 건 아니지만, 그건 어디까지나 공익적 목적이 우선될 때의 이야기.

더군다나 아직 주송도가 유전자 검사에 응한 것도 아니라서 그의 아이라는 확실한 증거도 없기에 변호사가 후불로 소송해 줄 이유가 없다.

더군다나 상식이 있는 변호사라면 이런 임신 공격이 얼마나 자주 이루어지는지 알고 있기에 후불로 소송해 주려고 하는 경우는 없다.

어떤 경우에는 임신 공격 자체가 진짜 유전자 하나 없이 협박만을 목적으로 이루어지기도 하기 때문이다.

상대방의 자녀가 아닌 걸 알지만 일단 추문을 터트리고 그 책임을 뒤집어씌우겠다고 협박함으로써 상대방이 어쩔 수 없이 합의하게 하는 방식의 협박 사건은 분명 존재한다.

"그래서 뭘 팔던가요?"

-일단은 유아용품 위주로 파는 것 같더군요.

"유아용품요?"

-유아용품은 생각보다 돈이 되니까요.

유아용품은 의외로 중고 시장이 크다.

그도 그럴 게 부모들은 언제나 아이들에게 좋은 걸 쓰게 해 주고 싶어 하지만 그에 비해 가격이 워낙 비싸기 때문이다.

더군다나 유아용품의 경우는 사용자인 아이의 특성상 사용 기간 자체가 그리 길지 않다.

그러다 보니 생각보다 오래 쓰지 못하고, 당연히 사용 기간도 짧다 보니 상대적으로 상태가 멀쩡한 물건이 많아서 그걸 판매하는 사람들이 많다.

-뭐, 그걸 생각해도 이상한 일이기는 합니다. 돈이 없다는 건 알겠는데.

하이드 맥핀의 말에 노형진은 담담하게 말했다.

"아마도 리지 던컨은 자기 물건은 최후까지 팔지 않을 겁니다."

-자기 물건은 안 팔 거라고요?

"아이에 대한 애정은 보면 알거든요. 그리고 제가 본 리지 던컨은 아이를 애정으로 키우는 사람은 아닙니다."

만일 정말 아이에 대해 관심이 있다면 최소한 소송 전에 주송도에게 연락이라도 한번 했을 거다.

그게 아니라고 할지라도 임신 시기 중에 합의를 통해 돈을 받아 내려고 했을 수도 있다.

"하지만 오랜 시간을 연락도 하지 않고 몰래 아이까지 낳았죠."

아이를 가진 시점만 해도 주송도는 미혼이었고 아예 만나는 사람도 없었다.

만일 그 시점에 주송도에게 접근했다면 아마도 주송도는 아이를 받아들이고 결혼을 선택했을지도 모른다.

"그런데도 불구하고 연락도 하지 않고 잠수를 탔다가 출산 이후에 나타났다는 건 확실히 말이 안 되는 행동인 거죠. 그걸 보면 아이에 대한 애정이 전혀 없을 테고요."

말로야 아이를 지우라고 했다고 주장하지만 애초에 리지 던컨은 그렇게 주장만 할 뿐 사전에 접촉한 증거를 내놓지 않고 있었다. 애초에 소송에서 중요한 건 유전자라서 딱히 주요 증거도 아니고 말이다.

"그 상황에서 돈이 다급하게 되니 무엇부터 손대는지에 따라 결국 성향을 파악할 수 있게 되지요."

정상적인 사람이라면 당연히 자신이 가진 물건 중에서 그다지 필수적이지 않은 것들부터 팔기 시작할 거다.

실제로 드림 로펌에서는 리지 던컨이 다수의 명품을 가지고 있다는 걸 확인한 상태였다.

　"아마 정상적인 부모라면 그런 명품류를 먼저 팔 겁니다."

　가장 빠르게 팔리고, 돈이 되며, 하나하나가 비싸기 때문에 하나만 팔아도 한 달 생활비 정도는 된다.

　"그런데 그런 건 냅 두고 정작 필수적인 유아용품을 팔아치운다? 그런 여자가 과연 아이를 제대로 돌볼까요?"

　ー그건 그러네요.

　하이드 맥핀은 노형진의 말에 공감할 수밖에 없었다.

　그동안 돈이 어디서 나왔는지는 둘째 치더라도 리지 던컨의 소비 패턴을 보면 아이는 안중에 없다는 걸 알 수 있으니까.

　"그리고 그런 인간들은 스트레스를 아이들에게 풀곤 하죠."

　아이 탓을 하거나 아이를 학대한다.

　더군다나 그 아이는 사랑의 결실도 아니고, 그렇다고 자신이 책임질 만한 실수를 한 것도 아니다.

　철저하게 목적성을 가지고 출산한 아이다.

　과연 리지 던컨이 그 아이를 어떻게 대할지는 너무나 뻔하다.

　"그리고 그게 그녀의 실수가 될 겁니다."

　노형진은 자신 있게 말했다.

다음 권으로 이어집니다

꿈의 도약, 로크에서 하십시오
(주)로크미디어에서 신인 작가를 모십니다

즐거운 세상, 로크미디어는 꿈을 사랑하고 도전을 두려워하지 않는 작가 분들의 참신한 작품을 기다리고 있습니다. 21세기 장르 문학계를 이끌어 갈 차세대 선두 주자 (주)로크미디어에서 여러분의 나래를 활짝 펴 보시길 바랍니다.

모집 분야 판타지와 무협을 포함한 장르 문학
모집 대상 아마추어 작가, 인터넷 작가
모집 기한 수시 모집

작품 접수 시 유의 사항
1. 파일명은 작가명_작품명.hwp형식을 갖춰 주십시오.
1. 파일에 들어갈 내용은 다음과 같습니다.
    - 성명(필명인 경우 실명을 밝혀 주세요), 연락처, 이메일 주소
    - 제목, 기획 의도
    - A4용지 1장 분량의 등장인물 소개
    - A4용지 2장 분량의 전체 줄거리
    - 본문
1. 작품이 인터넷에 연재되고 있다면, 게시판명과 사이트의 구체적이고 정확한 주소를 기재해 주십시오.

선택된 작품은 정식 계약 후 출판물로 간행되어 전국 서점에 유통됩니다.
작가 분은 (주)로크미디어의 전폭적인 지원하에 전속 작가로 활동하시게 됩니다.
※ 자세한 내용은 로크미디어 홈페이지(rokmedia.com)를 참조하세요.

(04167)서울시 마포구 마포대로 45 일진빌딩 6층
(주)로크미디어 편집부 신간 기획 담당자 앞
전화 : 02) 3273-5135
www.rokmedia.com   이메일 : rokmedia@empas.com

우리 교황님 좀 말려 주세요

판미손 퓨전 판타지 장편소설

비정상 교황님의
듣도 보도 못한 전도(물리) 프로젝트!

이세계의 신에게 강제로 납치(?)당한 김시우
차원 '에덴'에서 10년간 온갖 고생은 다 하고
겨우 교황이 되어 고향으로 귀환했건만……

경고! 90일 이내 목표 신도 숫자를 달성하지 못할 시
당신의 시스템이 초기화됩니다!

퀘스트를 달성하지 못하면 능력치가 도로 0이 된다고?
그 개고생, 두 번은 못 하지!

"좋은 말씀 전하러 왔습니다, 형제님^^"
※주의※ 사이비 아닙니다, 오해하지 마세요!

망한 가문의 검술 천재가 되었다

소구장 퓨전 판타지 장편소설

**역사에서도 잊힌 비운의 검술 천재
최강의 꼰대력으로 무장한 채
후손의 몸으로 깨어나다!**

만년 2위 검사 루크 슈넬덴
세계를 위협하던 마룡을 물리치며
정점에 이른 순간

이대로 그냥 죽어 다오, 나를 위해서.

라이벌인 멀빈 코넬리오에게 목숨을 잃……
……은 줄 알았는데,
200년 후의 몰락한 슈넬덴가에서 눈뜨다!
가족이라고는 무기력한 가주, 망나니 1공자뿐
망해 버린 가문을 살리기 위해
까마득한 조상님이 팔을 걷었다!

**설풍 같은 검술, 그보다 매서운 독설로
슈넬덴가를 정점으로 이끌어라!**